Jo

Die Geschichte von Jo haben wir für Euch erzählt. Ich sage "wir", denn ohne die ständige Mithilfe von Dominique, Arnaud, Diane, Noémie, Jacqueline und Philippe, Jean-Claude, Nicole, James und ihren Familien, Louis, Jean-Philippe und seiner Gruppe, Cathie und Thierry, Denis, Luc-Marie, Pascal, Nouss, Yannick, Pierre-Antoine, Alain, Roland und all den anderen hätte ich die Arbeit nicht machen können. Ich widme das Album Elham und Yvan. Die Flamme, die in Euren Augen brannte, ist erloschen. Ihr habt mein Leben verändert. Tag für Tag sterben überall in der Welt andere Elhams und andere Yvans in der Blüte ihrer Jugend. Euch, liebe Leserinnen und liebe Leser, darf das nicht passieren. Ihr habt alle in Euch die Energie, Euer Leben zu meistern. Vergeudet sie nicht.

Denis

Jo hat anlässlich des Festival International "BD Charleroi" Image 91 den Prix Gavroche erhalten. Zudem wurde das Album am Festival von Angoulême 92 mit dem Spezialpreis des CRIABD ausgezeichnet.

Die Geschichte von Jo geht auf eine Idee der "Groupe Contact Jeunesse" in Lausanne zurück. Die Realisierung des Albums wurde durch die Unterstützung des Erziehungsdepartementes des Kantons Waadt ermöglicht.

Die Jugend verkörpert die Zukunft, die Hoffnung und die Erneuerung unserer Gesellschaft. Die Stiftung für das Leben möchte mit ihren Präventionsmassnahmen dazu beitragen, den jungen Menschen die Schattenseiten des Lebens zu ersparen.

Die Stiftung für das Leben konnte diesen Comic herstellen dank der Grosszügigkeit

in der Schweiz
von Kantonen und Gemeinden der Romandie, der Loterie Romande, der Banque Vaudoise de Crédit, der Association François-Xavier Bagnoud, der Assureurs Privés Suisses, der Fondation Pro Victimis Genf, des Blicks

in Frankreich
des Rats des Departements Hérault, des Regionalrats Rhônes-Alpes, der FNAC, des DGLDT, der Association François-Xavier Bagnoud

in Belgien
der Stadt Charleroi, von Christie's Belgium, der Musées Royaux des Beaux-Arts de Belgique, von Namur Entraide Sida.

Die Stiftung für das Leben möchte sich bei den Organisationen des Roten Kreuzes und bei der Weltpfadfinderbewegung für ihre Unterstützung bei der Verteilung bedanken, ebenso wie bei den Buchhandlungen, den Warenhäusern und all denen, die das Album Jo zum Preis von Fr. 25.- ohne Gewinn verkaufen und durch jedes verkaufte Album die Gratis-Verteilung von 5 weiteren Alben ermöglichen.

Dank auch an die zahlreichen Spenderinnen und Spender, die die Stiftung für das Leben unterstützt haben.

Die Stiftung für das Leben unterstützen bedeutet, die Jugend lieben!

Fondation pour la Vie
Siège
Crêt de Béranges
CH-1814 La Tour-de-Peilz

Internationaler Vertrieb
46, av. Miremont
CH-1206 Genève
Tel. + 41 22/46 23 55
Fax + 41 22/46 25 10
PC 18-83-9

Stiftung für das Leben
Büro deutsche Schweiz
Holbeinstrasse 34
Postfach
CH-8034 Zürich
Tel. 01/261 60 20
Fax 01/261 60 26

Association
Fondation pour la Vie (Belgique)
Av. P.-H. Spaak, 7
B - 1070 Bruxelles
Tel. 02/526 68 11
Fax 02/520 44 05
Bankverbindung
068-1054000-25

Speziellen Dank an:
Phototypie: Studio Leonardo
Druck: Proost
Graphische Gestaltung: Bornand + Gaeng

ISBN 2-940015-01-5
D 1992-6193-2
1. Auflage, Frühjahr 1992

DERIB 90
BRAVO, JO, GUT GESPIELT!
DANKE CATHERINE!
DU SOLLTEST EIN BISSCHEN JOGGEN, MEIN DICKERCHEN, WENN DU BEIM INTERCLUB ETWAS ERREICHEN WILLST!
ICH WEISS, JOCELYNE, ICH WEISS...
UND BEI DIR, WIE LÄUFT'S MIT DANIEL?
ES IST AUS. SEIT GESTERN.
1

SEIT GESTERN? UND DAS.. DAS MACHT DIR NICHTS AUS?
ICH HAB SCHLUSS GEMACHT. IHM WAR DIE KARRIERE IMMER WICHTIGER ALS ICH...
ICH GLAUBE, ICH BIN NUR NOCH MIT IHM GEGANGEN, UM MEINEN ELTERN EINE FREUDE ZU MACHEN.
ABER KLAR, ES IST NIE LEICHT, EINEM TYPEN ZU SAGEN, DASS SCHLUSS IST.
DU ARME!... KOMM DOCH HEUT ABEND INS ROCK-KONZERT! DAS WIRD DICH AUF ANDERE GEDANKEN BRINGEN...
WARUM NICHT ...
ALSO, KOMMT IHR JETZT INS KONZERT ODER NICHT?
GLAUBST DU, ICH HABE NICHTS GESCHEITERES ZU TUN, ALS MIR EURE KATZENMUSIK ANZUHÖREN?
MENSCH, SCHEISSE! NIE BEGREIFST DU WAS!
LAURENT!
LAURENT, RED NICHT SO MIT DEINEM VATER! NACH ALLEM, WAS PASSIERT IST ...

LAURENT!
DU WEISST, WIE BEGEISTERT ER IST, DASS DU IMMER BEI DEINER BAND STECKST ...
ER HAT ANGST, DASS ES SO ENDET, WIE MIT JEAN. DENK LIEBER AN DIE SCHULE ALS AN DEINEN BRUDER ...
ICH NICHT AN JEAN DENKEN...

SUPER, WAS?
JA... AUCH DER TYP AM SYNTHY...
DAS IST LAURENT MALET. DER SPIELT GENIAL. SOLL ABER EIN FIESER KERL SEIN.
????
ZAX
WAS DER SICH EINBILDET!

NA, JO, WAS SAGST DU?
SPIELT STARK, DER... WIE HEISST ER?... LAURENT, DER GROSSE DÜNNE ABER AUCH.
WO STECKT'N ERIC, DER ARSCH?
IS MIT DER GITARRE UND 'NEM CHICK AB...
DU MEINST PATRICK, DER IST FAST EIN PROFI UND... ABER SAG MAL, IST DAS NICHT VANESSA?
VANESSA?
WAHNSINN! UND MIT DEM GITARRISTEN!
DAS NENNST DU ALSO MIT EINER FREUNDIN BÜFFELN?!
SHIT, MEINE SCHWESTER!
RAUCHEN TUST DU AUCH.!
NA WENN SCHON?
DIE ELTERN WERDEN SICH FREUEN...
HÖR AUF DAMIT! DER LETZTE ANSCHISS HAT MIR SCHON GEREICHT!
HEUTE IST WOHL NICHT MEIN TAG...
O.K.! ABER LASS DEN SCHROTT UND KOMM MIT NACH HAUSE!

AM NÄCHSTEN MORGEN...
HE!
EM, DU BIST DOCH LAURENT...
NA UND ?
ICH WOLLTE DIR WAS SAGEN. ICH BIN JOCELYNE, DIE SCHWESTER VON VANESSA...
UND WER WÄRE VANESSA ?
DIE VIERZEHNJÄHRIGE, DIE EUER GITARRIST GESTERN ANGEMACHT HAT. UND GERAUCHT HABEN SIE AUCH WAS INTERESSANTES...
WAS GEHT MICH DAS AN ?
DU KÖNNTEST JA EIN WÖRTCHEN MIT IHM REDEN, ODER ?
WENN'S SEIN MUSS...
ICH HABE SOWIESO EIN HÜHNCHEN MIT IHM ZU RUPFEN!
LAURENT!
WAS DENN NOCH ?
WAR GEIL, EURE MUSIK GESTERN ABEND...
FINDEST DU? BESCHEIDENE ANSPRÜCHE, MUSS ICH SAGEN!
PUMA

SPÄTER...
NA LEUTE, HABEN WIR DENEN EINGEHEIZT, GESTERN ABEND?
A PROPOS EINHEIZEN, DU KÖNNTEST UNS MIT WAS ANDEREM EINHEIZEN ALS MIT MINDERJÄHRIGEN...
WIE, WO, WAS? WAS SOLL DAS HEISSEN?
DAS SOLL HEISSEN, DASS ICH LANGSAM DIE NASE VOLL HAB VON DIR!
...UND VON DEINER ART ZU SPIELEN, WENN MAN DAS SPIELEN NENNEN KANN!
DER HERR IST ALSO NEIDISCH AUF MEIN SOLO?!..
...DAS NICHT ABGEMACHT WAR. AUSSERDEM WAR DEINE GITARRE VERSTIMMT.
MEINE GITARRE VERSTIMMT? HAT MAN DAS GEHÖRT?
DIE IST JA NIE GESTIMMT!...
UND WOLLT IHR WISSEN, WAS MIR STINKT? SO KLUGSCHEISSER WIE DU, LAURENT!
7

UND JETZT VERSCHWINDE! DAS IST ZUFÄLLIG MEIN KELLER!
NICHT EHER DER VON DEINEM ONKEL? IDEAL FÜR HAUSMUSIK IM FAMILIEN-KREIS...
SOLL DAS HEISSEN...?
...DASS ICH AUCH GEHE? DU HAST ES GECHECKT!
UND OHNE SCHLAGZEUG KANNST DU NOCH VIEL SCHÖNERE SOLOS DURCHGEBEN, MEIN KLEINER ERIC!
ABER...
DER NAME ZAX HAT MIR SOWIESO NIE GEFALLEN.
VORSICHT AUF MEIN SCHLAGZEUG, ICH HÄNG HALT DARAN!
GANZ RUHIG BLEIBEN, OLIVIER!
DIE ÄRSCHE!
AH! MEINE MUTTER IST SCHON VOM FITNESS ZURÜCK!

NA, JANE FONDA, IN FORM ?
LASS DAS DOCH!
NA, CATHERINE, IST JO IMMER NOCH SO SCHWER ZU SCHLAGEN ?
BLA-BLA-BLA!
LEIDER SCHON!
HALLO, BRUNA!
DU SCHEINST JA TOLL IN FORM ZU SEIN! TROTZ DEINEM DUMMEN KLEINEN KRACH MIT DANIEL ...
DAS IST KEIN DUMMER KLEINER KRACH ...
OH! ICH MUSS MICH SCHNELL UMZIEHN! DEIN VATER HAT EINEN WICHTIGEN COCKTAIL UND RECHNET MIT MIR! ...
VANESSA, VERGISS BITTE NICHT DEINE AUFGABEN! JO HAT IHRE SCHON!
"JO HAT IHRE SCHON!" ... UND ICH HAB DIE SCHNAUZE VOLL! ...
IMMER SO AUFGEDREHT, DEINE MUTTER?
HEUTE IST SIE NOCH EHER RUHIG! KOMM JETZT!
ÜBRIGENS, CATHERINE, ICH HAB HEUTE ZUFÄLLIG LAURENT GETROFFEN, UND...
HE, HAST DU DAS GELESEN ?!! SCHRECKLICH!!

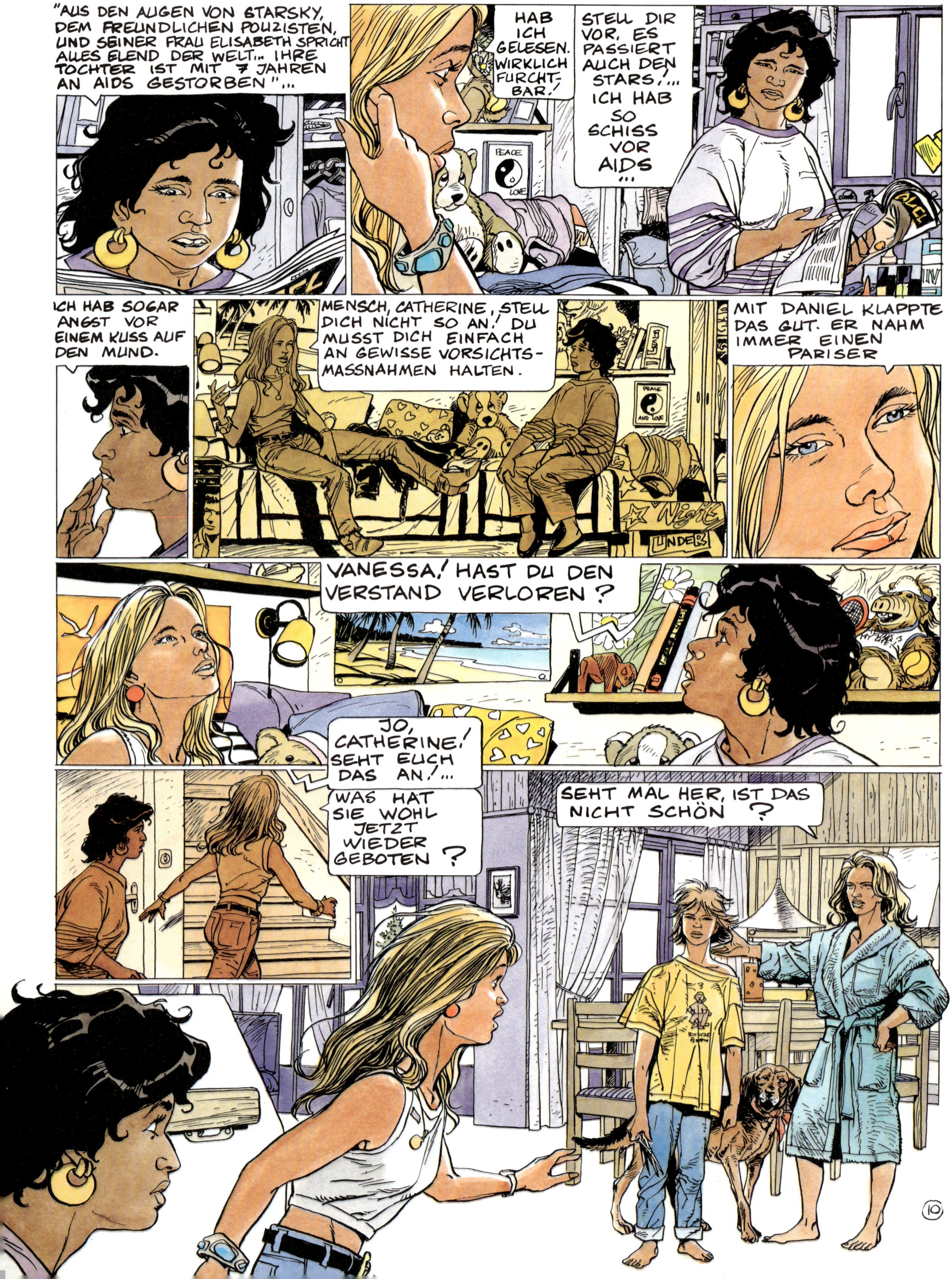
"AUS DEN AUGEN VON STARSKY, DEM FREUNDLICHEN POLIZISTEN, UND SEINER FRAU ELISABETH SPRICHT ALLES ELEND DER WELT... IHRE TOCHTER IST MIT 7 JAHREN AN AIDS GESTORBEN"...
HAB ICH GELESEN. WIRKLICH FURCHTBAR!
STELL DIR VOR, ES PASSIERT AUCH DEN STARS!... ICH HAB SO SCHISS VOR AIDS...
ICH HAB SOGAR ANGST VOR EINEM KUSS AUF DEN MUND.
MENSCH, CATHERINE, STELL DICH NICHT SO AN! DU MUSST DICH EINFACH AN GEWISSE VORSICHTSMASSNAHMEN HALTEN.
MIT DANIEL KLAPPTE DAS GUT. ER NAHM IMMER EINEN PARISER
VANESSA! HAST DU DEN VERSTAND VERLOREN?
JO, CATHERINE! SEHT EUCH DAS AN!...
WAS HAT SIE WOHL JETZT WIEDER GEBOTEN?
SEHT MAL HER, IST DAS NICHT SCHÖN?
10

ICH VERSTEHE DAS NICHT, VANESSA!...
WAS IST IN DICH GEFAHREN?
WER HAT IMMER GESAGT, ICH PFLEGE MEINE MÄHNE SCHLECHTER ALS MEINE SCHWESTER?
ALSO, MIR GEFÄLLT DIE NEUE FRISUR!
BRUNO!
PAPI!
SOLL DAS WIRKLICH DEIN ERNST SEIN?
SIE GEHT DAMIT ZUM FRISEUR, NICHT WAHR, VANESSA?... PATRICIA, DU SOLLTEST DICH FÜR HEUTE ABEND BEREIT-MACHEN!...
DU HAST RECHT!
AM NÄCHSTEN MORGEN...
?
DAS GIBT'S DOCH NICHT!!

?
HAU AB, DU SCHEISSKERL!
VERSCHWINDE, SONST HAU ICH DIR...
HE!
DUMMKOPF! WAS WEISST DU DENN SCHON ...
SCHON WIEDER DIESER...
HÖR AUF! HÖR AUF!
MALET, BIST DU VERRÜCKT GEWORDEN?
WAS SOLL DAS, DAUERND AUF ANDERE LOSZUGEHEN?
DAS GEHT SIE NICHTS AN!
SO, DAS GEHT MICH NICHTS AN! KOMM, WIR GEHEN ZUM REKTOR!

UND DANN, HERR HUG, HAT ER GRUNDLOS EINEN JÜNGEREN GESCHLAGEN!
DANKE HERR BERGER, SIE KÖNNEN GEHEN. SETZEN SIE SICH, MALET!
GEWALT, MALET, SCHON WIEDER GEWALT! VOR EIN PAAR WOCHEN SIND SIE FAST AUF EINEN LEHRER LOSGEGANGEN, DER MIT IHNEN ÜBER IHREN SCHULISCHEN EINSATZ SPRECHEN WOLLTE ...
SCHEINBAR IST DAS IHRE EINZIGE SPRACHE! UND JETZT AUCH NOCH MIT KINDERN!... WAS HABEN SIE DAZU ZU SAGEN?
DAS GEHT SIE NICHTS AN!
DAS IST ZUVIEL, MALET! ICH HATTE SIE GEWARNT, ABER JETZT ZWINGEN SIE MICH, SIE VON DER SCHULE ZU WEISEN!
IST MIR SCHEISS-EGAL!

WIE SCHÖN, DASS WIR GLEICHZEITIG HEIMKOMMEN. UND DANN NOCH SO FRÜH!...
WAS IST DENN DAS FÜR EIN KRACH?
DAS GEHT SCHON STUNDEN SO! ICH HOFFE, SIE UNTERNEHMEN DA ETWAS!
ÄH, NATÜRLICH! VERZEIHUNG! ...
WAS SOLL DENN DAS? WILLST DU DAS GANZE QUARTIER ZUSAMMENTROMMELN? UND DEINE HAUSAUFGABEN?
HAUSAUFGABEN? DAS IST VORBEI! ICH BIN VON DER SCHULE GEFLOGEN!!!
14

VON DER SCHULE GEFLOGEN?! GEHT DAS ALSO WIEDER LOS WIE MIT DEINEM BRUDER?
BERTRAND!
HÖRT AUF! ES IST SO SCHON SCHLIMM GENUG! WAS IST LOS, LAURENT?
VERSTEHT IHR NICHT, DASS ICH GENUG HABE VON EURER LERNEREI, VON EUREN PLÄNEN FÜR MICH? ICH WILL MUSIK MACHEN!!
JEAN HAT AUCH GEMACHT, WAS ER WOLLTE. DU WEISST, WOHIN DAS FÜHRT! ...
TEXAS
SOUTHSIDE
UND DARAN SEID IHR JA GANZ UNSCHULDIG!...
IHR HABT IHN KAPUTT GEMACHT!
SCHWEIG, LAURENT!
DU HAST KEIN RECHT, SO ZU REDEN! ICH WILL NICHTS MEHR HÖREN!
IHR MÜSST AUCH NICHTS MEHR HÖREN! ICH GEHE NÄMLICH!... UND ZWAR GLEICH!!
AS
SIDE

TOLL, DASS DU SOFORT GEKOMMEN BIST, PATRICK!
UND DAS GEHT, DASS ICH FÜRS ERSTE BEI DIR WOHNE?
NATÜRLICH. SO KÖNNEN WIR AUCH VIEL BESSER SONGS SCHREIBEN.
STIMMT. DAS IST SUPER!
BRAVO CATHERINE!
WENIGSTENS EINMAL EINEN SATZ GEWONNEN!
IST WOHL NICHT DEIN TAG, JO!...
VANESSA! WAS WILLST DU DENN HIER?
ICH WOLLTE DIR ALS ERSTE DIE GROSSE NACHRICHT ÜBERBRINGEN!...
16

WELCHE NACHRICHT?
ACH WEISST DU, DEIN LAURENT...
SPINNST DU? DAS IST NICHT "MEIN LAURENT"!
JEDENFALLS IST ER VON DER SCHULE GEFLOGEN!...
ACH JA? UND WARUM?
ER HAT EINEN KLEINEN VERDROSCHEN, GRUNDLOS...
EIN BRUTALER KERL! ABER JETZT HAT ER DIE QUITTUNG!...
ICH HABE IHN ÜBRIGENS AUCH AUS DER BAND RAUSGESCHMISSEN!
ICH SAGTE MIR, ES WIRD MEIN SCHWESTERCHEN FREUEN, ALL DAS ZU HÖREN! KOMM ERIC, WIR ZIEHEN AB.
DAS KLEINE LUDER!
WAS MEINST DU ZU AIDS?
AIDS? EINE GANZ SCHÖNE SAUEREI!

KLAR IST ES EINE SAUEREI. ABER WAS HÄLTST DU VON DENEN, DIE AIDS HABEN?
WAS SOLL ICH VON DENEN HALTEN? GRÄSSLICH FÜR SIE...
ABER DU FINDEST NICHT, DASS SIE SELBER SCHULD SIND? SCHAU DIR DIE SCHWULEN AN, ZUM BEISPIEL...
NEIN, DIE FRANKEN VON HEUTE WUSSTEN DOCH NOCH NICHTS VON HIV! ABER WARUM FRAGST DU?
ACH, NUR SO... JETZT LASS MICH IN RUHE DEN WESTERN ZU ENDE SCHAUEN...
?
EIN KLEINER PLANET, AUF DEM WEG IN
EIN ANDERE WELT,
EINE RIESIGE SONNE, NOCH NICHT ERHELLT,
EIN SCHWARZ-ORANGER STERN,
VOLLER RÄTSEL, NOCH SO FERN...
18

WAS FÜR EIN KOMISCHER TRAUM, ... DIESE SÄTZE IN MEINEM KOPF... SOWAS HAB ICH NOCH NIE GESPÜRT...
AM NÄCHSTEN TAG ...
GENIAL, DIESES DING !
JA, MAN KANN GUTE SACHEN DAMIT MACHEN!
ZUM BEISPIEL MIESE GITARRISTEN ERSETZEN !
SOBALD ICH KANN, HELF ICH DIR DEN COMPUTER BEZAHLEN, PATRICK !
MACH DIR DARÜBER KEINE GEDANKEN ...
ES HAT GELÄUTET !
OLIVIER !
HALLO! SEID IHR IN FORM ?
KOMM REIN !
UND DIE MUSIK ? LÄUFT'S GUT ?
HIER RÜBER!
MENSCH! DAS IST JA ECHT NICHT SCHLECHT !

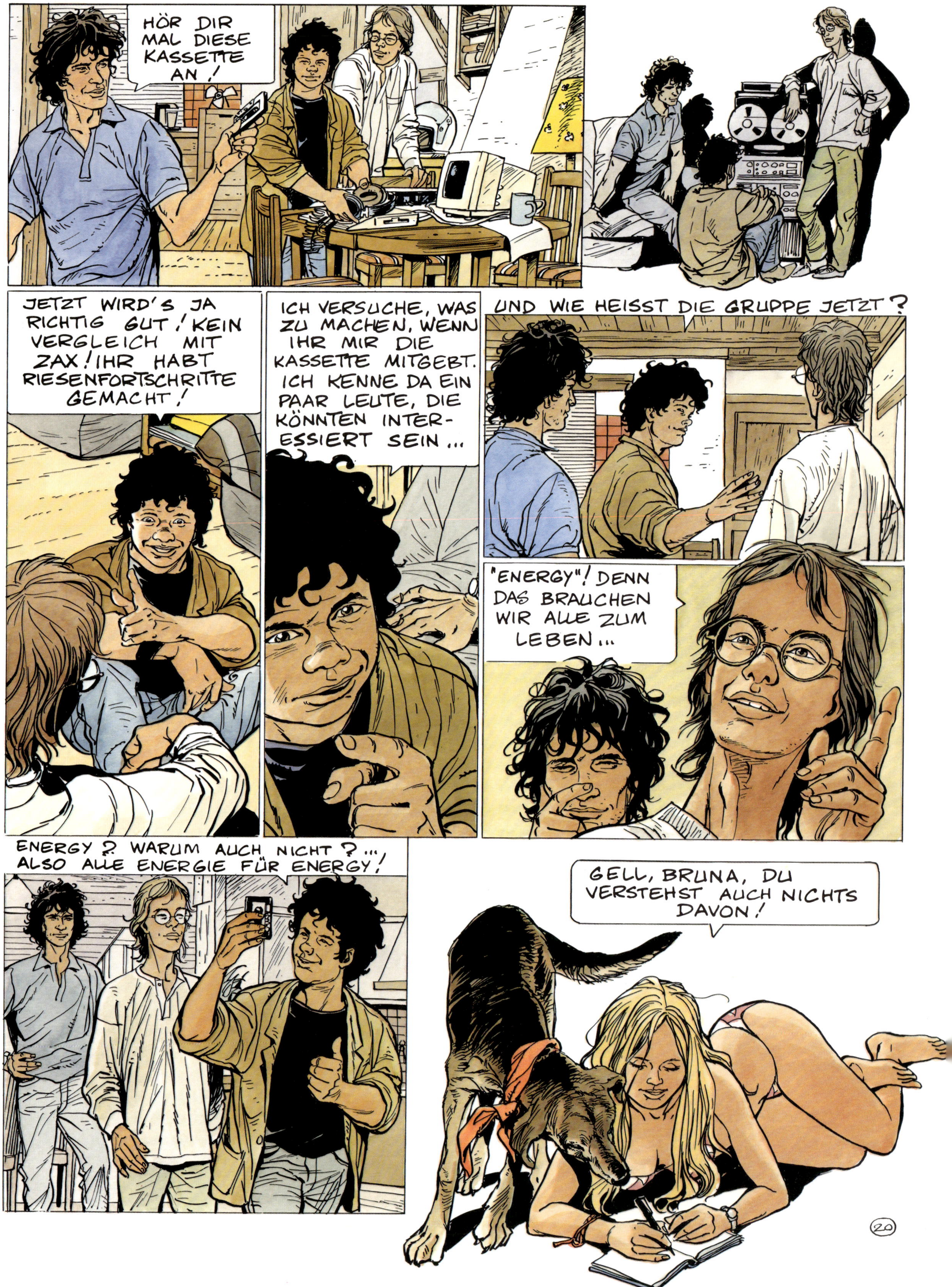
HÖR DIR MAL DIESE KASSETTE AN!
JETZT WIRD'S JA RICHTIG GUT! KEIN VERGLEICH MIT ZAX! IHR HABT RIESENFORTSCHRITTE GEMACHT!
ICH VERSUCHE, WAS ZU MACHEN, WENN IHR MIR DIE KASSETTE MITGEBT. ICH KENNE DA EIN PAAR LEUTE, DIE KÖNNTEN INTERESSIERT SEIN...
UND WIE HEISST DIE GRUPPE JETZT?
"ENERGY"! DENN DAS BRAUCHEN WIR ALLE ZUM LEBEN...
ENERGY? WARUM AUCH NICHT?..., ALSO ALLE ENERGIE FÜR ENERGY!
GELL, BRUNA, DU VERSTEHST AUCH NICHTS DAVON!

EINES TAGES WERDEN WIR VIELLEICHT WISSEN, WAS DIE SÄTZE BEDEUTEN ...
... UND SO VERGEHEN DIE TAGE ...
LEUTE, ES IST SOWEIT! ICH HABE EINEN VERTRAG!...

EINEN VERTRAG FÜR EINE WOCHE! JEDEN ABEND AUSSER MONTAG. FEHLT NUR NOCH DIE UNTERSCHRIFT!
ZEIG MAL!
KLASSE! UND WO IST DAS?
IM "BLUE PARADISE"!
KENNE ICH. EIN TOLLER LADEN!...
DEM CHEF HAT DIE KASSETTE GEFALLEN. ER WILL EUCH EINE CHANCE GEBEN... ABER UNTER EINER BEDINGUNG...
...DASS ICH SCHLAGZEUG SPIELE
ICH WEISS NICHT, OB WIR DAS MACHEN KÖNNEN. WAS MEINST DU, LAURENT?
NETT, SEHR NETT!
NA JA.
KLAR BIST DU UNSER SCHLAGZEUGER! DAS MUSS GEFEIERT WERDEN! ICH GEB EINEN AUS!
FEHLT NOCH EIN BASSIST...
DEN BESORGE ICH!
WELCOME
EINE WOCHE SPÄTER
NANU!
BIJOU
ABER JA DOCH! ER IST ES: LAURENT MALET.
Blue Paradise
Melodic Rock
Energy
Patrick Roe
Laurent Malet
Olivier Hutter
Francis Thomas
20h. 23h.

UND AM LETZTEN ABEND...
Blue Paradise
YAMAHA DX7
HE! DIE HAB ICH DOCH SCHON MAL GESEHN!

ER HAT WIRKLICH TALENT ...
MAN SPÜRT, DASS ER BEIM SPIELEN GLÜCKLICH IST ...
ICH KANN GAR NICHT GLAUBEN, DASS ER SO BRUTAL SEIN SOLL!
YAMAHA DX7
HM, SIE IST WEG! ...
LAURENT! DA MÖCHTE DICH JEMAND AUF EIN GLAS EINLADEN ...
BRAVO LEUTE, DAS WAR SEHR GUT ...
DANKE!
MACHT WEITER SO! DANN NEHME ICH EUCH WIEDER! O.K. ?
?
24

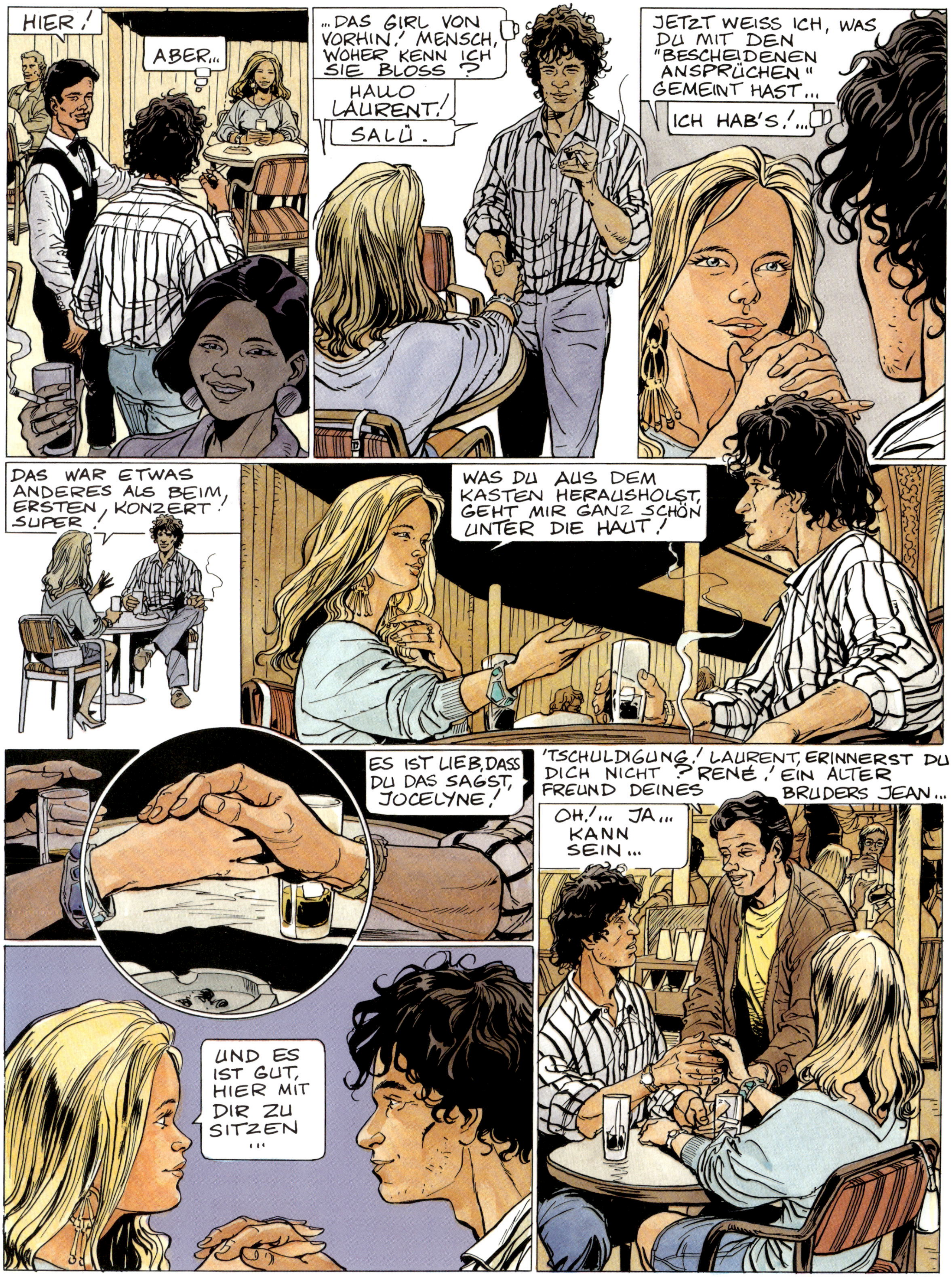

HIER!
ABER...
...DAS GIRL VON VORHIN! MENSCH, WOHER KENN ICH SIE BLOSS?
HALLO LAURENT!
SALÜ.
JETZT WEISS ICH, WAS DU MIT DEN "BESCHEIDENEN ANSPRÜCHEN" GEMEINT HAST...
ICH HAB'S!...
DAS WAR ETWAS ANDERES ALS BEIM ERSTEN KONZERT! SUPER!
WAS DU AUS DEM KASTEN HERAUSHOLST, GEHT MIR GANZ SCHÖN UNTER DIE HAUT!
ES IST LIEB, DASS DU DAS SAGST, JOCELYNE!
UND ES IST GUT, HIER MIT DIR ZU SITZEN...
'TSCHULDIGUNG! LAURENT, ERINNERST DU DICH NICHT? RENÉ! EIN ALTER FREUND DEINES BRUDERS JEAN...
OH!... JA... KANN SEIN...

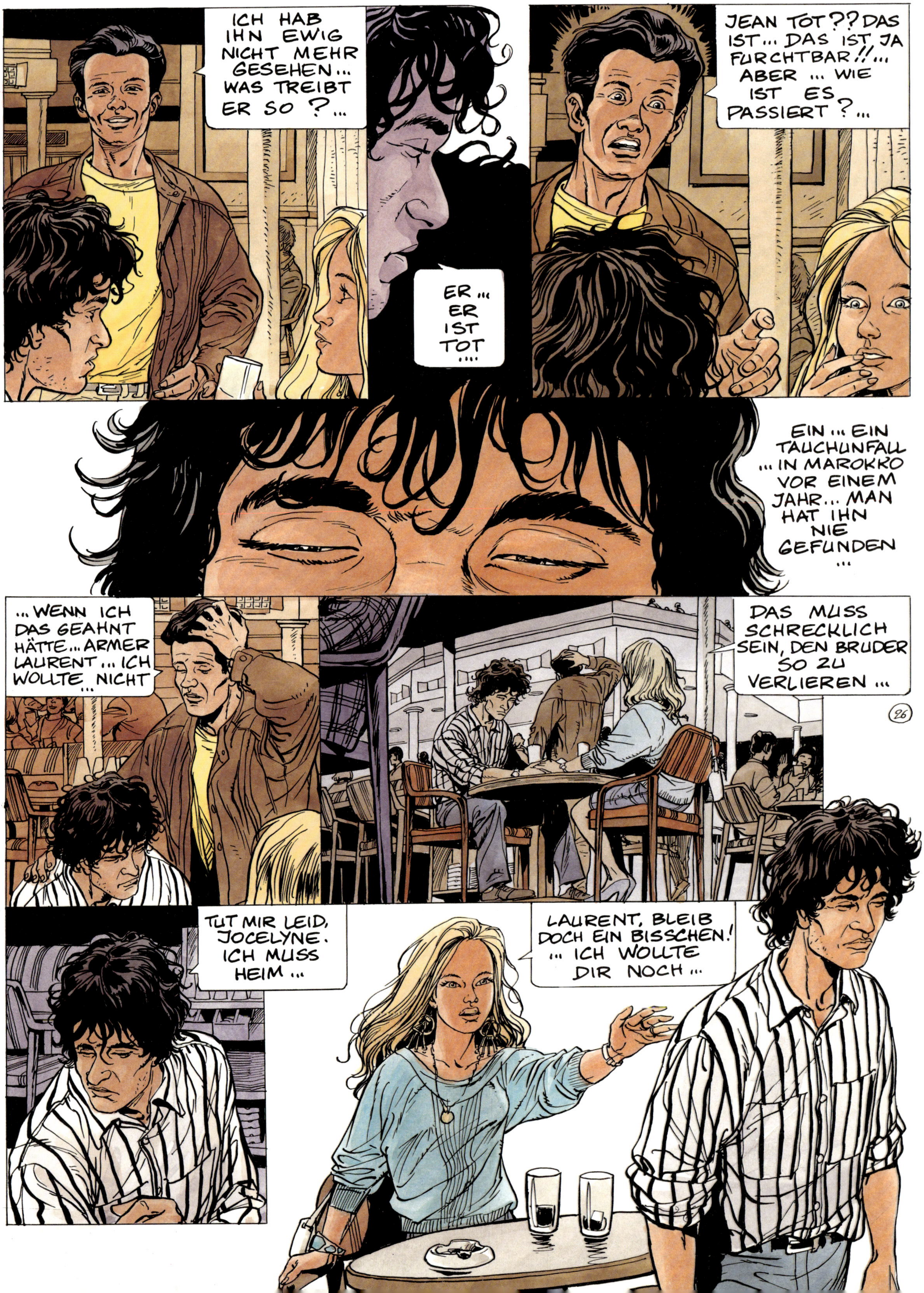
ICH HAB IHN EWIG NICHT MEHR GESEHEN... WAS TREIBT ER SO ?...
ER... ER IST TOT....
JEAN TOT?? DAS IST... DAS IST JA FURCHTBAR!!... ABER... WIE IST ES PASSIERT ?...
EIN... EIN TAUCHUNFALL ...IN MAROKKO VOR EINEM JAHR... MAN HAT IHN NIE GEFUNDEN ...
...WENN ICH DAS GEAHNT HÄTTE... ARMER LAURENT... ICH WOLLTE NICHT...
DAS MUSS SCHRECKLICH SEIN, DEN BRUDER SO ZU VERLIEREN...
26
TUT MIR LEID, JOCELYNE. ICH MUSS HEIM...
LAURENT, BLEIB DOCH EIN BISSCHEN! ...ICH WOLLTE DIR NOCH...

DEM MUSS ES HUNDSMISERABEL GEHEN, DASS ER SO REAGIERT...
NA, SCHATZ, WIE WAR DIE BAND ?
GUT NACHT JO!
KLASSE! GUT NACHT, MAMA! GUT NACHT, PAPA!
...ICH HABE DAS GEFÜHL, DASS ICH DABEI BIN, MICH ZU VERLIEBEN...
WAS MACHT DENN LAURENT? WO STECKT ER NUR?...
IN SEINEM ZIMMER... KOPFWEH ODER MÜDE ODER SO...
27
... WENN ICH ES IHR NUR HÄTTE ERKLÄREN KÖNNEN...

LAURENT! WAS HÄLTST DU DAVON? ... LAURENT!
WIE BITTE? WAS IST?
DU BIST WOHL ETWAS WEGGETRETEN, ODER?
MALET! DAS IST JETZT DAS DRITTE MAL, DASS SIE FALSCH EINFÄCHERN!...
OH... ICH... TUT MIR LEID!
DIE TAGE VER-GEHEN...
... UND ICH WEISS NICHT MAL, WO ER WOHNT!...
NICHT ÜBERRAGEND DIESMAL, JOCELYNE!...
GAME! VIER DREI FÜR DICH! BRAVO!
ABER NEIN! NUR VORTEIL! DU BIST AUCH ETWAS WEGGETRETEN!

ALLMÄHLICH WEICHT DER SOMMER DEM HERBST...
MENSCH, ERIC, WAS SOLLEN WIR DENN HIER BEIM FRIEDHOF?
DAS IST NE ÜBERRASCHUNG, BABY!...ICH HABE EINE SUPERWICHTIGE VERABREDUNG!...
EINE ÜBERRASCHUNG?...
DA IST ER! DU WARTEST HIER! O.K.?
O.K.!
ICH RAUCH MAL EINE...
?
...KOMISCHER KERL...
ABER JA DOCH, DAS IST LAURENT!... DER WEINT DOCH NICHT ETWA?

DIE QUATSCHEN IMMER NOCH... ICH WÜSSTE DOCH ZU GERNE...
JA. HIER WAR ES!...
MENSCHENSKIND!
VANESSA!
VANESSA, WAS TREIBST DU BEI DEN ZOMBIES?
KOMM MAL, ERIC!
LIES DEN NAMEN AUF DEM GRAB! EBEN WAR LAURENT HIER UND HAT GEHEULT...
LAURENT?
JEAN MALET?... DAS WIRD JA IMMER BESSER! EIN LÜGNER SIND WIR ALSO AUCH...
JEAN MALET
?

WER IST EIN LÜGNER?
LAURENT NATÜRLICH!
UNS HAT ER ERZÄHLT, DASS SEIN BRUDER BEI EINEM TAUCHUNFALL VERSCHWUNDEN IST. UND HIER IST SEIN GRAB!...
DU HAST RECHT!
KOMM JETZT, ICH MÖCHTE, DASS DU ETWAS TOLLES PROBIERST!...
AH, DIE ÜBERRASCHUNG!
DU MACHST JA WIEDER MAL EIN GESICHT HEUTE MORGEN!
DU WIRST GLEICH EIN NOCH VIEL SCHÖNERES MACHEN!...
... UND WARUM DAS?
WEIL ES DICH FREUEN WIRD ZU ERFAHREN, DASS DEIN LAURENT AUCH NOCH EIN LÜGNER IST!
WAS?
JAWOHL! ER SAGT ALLEN LEUTEN, SEIN BRUDER SEI ERTRUNKEN UND MAN HABE DIE LEICHE NIE GEFUNDEN. ICH HAB ABER SEIN GRAB GESEHEN!
DU ERZÄHLST WIRRES ZEUG! UND ÜBERHAUPT...
... WAS TREIBST DU DICH AUF DEM FRIEDHOF HERUM?
KÜMMER DICH LIEBER UM DEINE EIGENEN DINGE!
GENUG FREUNDLICHKEITEN AUSGETAUSCHT FÜR HEUTE! ES IST ZEIT, VANESSA!

JO, WIE STEHT ES JETZT WIRKLICH MIT DANIEL?
ABER, MAMA, ICH HABE DIR DOCH GESAGT, DASS ES AUS IST! KÖNNEN WIR VIELLEICHT MAL ÜBER LAURENT REDEN?
OH, ICH KOMM ZU SPÄT ZUM FRISEUR. WIR REDEN EIN ANDERMAL DARÜBER ...
EIN PAAR TAGE SPÄTER
LAURENT?
KOMM REIN!
NA, WIE GEHT'S?
PUH!
ES IST JAHRMARKT. WOLLEN WIR HIN?
WARUM NICHT... DAS BRINGT MICH VIELLEICHT AUF ANDERE GEDANKEN ...
IHR SEID JA GANZ NETT, ABER ICH ZIEH MAL ALLEIN LOS ...
O.K., VANESSA, ABER TREFFPUNKT HIER VIERTEL VOR ZWÖLF! KLAR?

HE, WIE DIE ZEIT VERGEHT! WIR MÜSSEN ZUM TREFFPUNKT!
12 UHR!
MITTERNACHT! UND KEINE SPUR VON VANESSA...
SORRY, JO, ABER ICH MUSS HEIM!
NA KLAR! ... GUT' NACHT, CATHERINE.
WO DAS BIEST BLOSS STECKT ?...
ICH MUSS SIE FINDEN...

ALSO DOCH NOCH!
PAW
SIE HABEN MEHR GEDULD ALS IHR KOLLEGE...
ER WAR MÜDE UND IST HEIM.
UND WAS MACH ICH JETZT MIT DIESEM... HE!
VERZEIHUNG!... LAURENT!!
JOCELYNE!
DA, DER IST FÜR DICH!
ÄH, DANKE, DAS IST LIEB, ABER...
...ICH SUCHE MEINE SCHWESTER VANESSA. SIE HAT MICH VERSETZT!...
GEHT SIE IMMER NOCH MIT ERIC?
34
KER
ICH GLAUB SCHON...
DANN KOMM MIT! ICH WEISS VIELLEICHT, WO SIE SIND... ABER ES KÖNNTE HEISS WERDEN!

WIR GEHEN WEG VOM JAHRMARKT? WOHIN DENN?
DIE HABEN ANDERE INTERESSEN ALS EINEN JAHRMARKT...
WAS SOLL DAS HEISSEN?
ICH KENNE ERIC. ER BRAUCHT WAS ANDERES, DAMIT ES IHM GUT GEHT...
WARTE HIER AUF MICH!
ABER... EINEN MOMENT!
ICH VERSTEHE NICHTS MEHR... ER SCHEINT DIE TYPEN ZU KENNEN!
!

HAST DU KOHLE? ICH HAB SEIT ZWEI TAGEN NICHTS GEGESSEN...
LASS SIE IN FRIEDEN! UND DU, JOCELYNE, KOMM MIT!
WAS IST LOS? SPRICH ENDLICH!
DU HAST DOCH DAVON GEHÖRT, DASS MIT LEERSTEHENDEN GEBÄUDEN SPEKULIERT WIRD UND SICH HAUSBESETZER DORT EINNISTEN ...
WAS HAT DAS DAMIT ZU TUN?
ICH HABE ERFAHREN, DASS EIN PÄRCHEN VORHIN COKE GEKAUFT HAT UND SICH IN RICHTUNG EINES DIESER HÄUSER VERZOGEN HAT...
UND DU GLAUBST, ES SIND VANESSA UND ERIC?
DAS WIRD SICH ZEIGEN ...
SHIT!!
SEX AND LOVE
PUNK
WIR SIND DA.
WILLST DU SAGEN, DASS SIE DA DRIN IST??

37
HAST DU DAS GESEHEN!! MIR DREHT SICH DER MAGEN UM!...
ES IST KEIN DREISTERNHOTEL, MAN HAT SCHLIESSLICH WASSER, GAS UND STROM ABGESTELLT.
UNMÖGLICH, LAURENT, DU MUSST DICH IRREN, HIER KANN KEIN MENSCH WOHNEN ...
PSST!
?

HAST DU GEHÖRT ? OBEN SIND LEUTE ...
ICH HAB SCHISS ...
ZUR MILCHSTRASSE BITTE ZWEITE TÜRE RECHTS
VANESSA !!
HE, IST DAS NICHT DER FIESE LAURENT MIT DEINEM DOOFEN SCHWESTERLEIN ?...
BITTE
TE TÜRE
ECHTS

VANESSA, DU SPINNST JA!!! KOMM SOFORT MIT!
LASS MICH IN RUHE! ICH HAB DIR NICHT GEKLINGELT!...
OH GOTT, KOMM JETZT!
39
WENN SIE DOCH IN RUHE GELASSEN WERDEN WILL!...
RÜHR SIE NICHT AN! ...
OHO! WIR HABEN DIE EMPFINDLICHE STELLE GETROFFEN! JEDE WETTE, DASS DU SIE NOCH NIE ANGERÜHRT HAST! SOLL ICH DIR ZEIGEN, WIE MAN ES MACHT?
DU BIST EBEN EIN ARMES SCHWEIN, DAS NICHTS KANN, ALS KLEINE KINDER VERHAUEN UND ALLE LEUTE ANLÜGEN, ODER WIE SEH ICH DAS!?

DU SIEHST GLEICH GARNICHTS MEHR!
MAN GREIFT ZUR GEWALT!... JAJA, DIE WAHRHEIT TUT EBEN WEH!
JETZT REICHT'S!
DU HUND!
WWW... WAS... WAS IST DENN BITTE HIER LOS?
LAURENT!
LAUF WEG MIT VANESSA!

WIRD'S BALD, ODER WIE?...
JA, JA, JA ERIC... ZEIG'S IHM.
ICH BRING DICH UM!...
MIR SAGST DU NIE MEHR, DASS MEINE GITARRE VERSTIMMT IST...
HOFFENTLICH PASSIERT IHM NICHTS!
ICH... ICH GLAUB, ICH MUSS KOTZEN...

AAAU!!
LAURENT, ALLES OK?
LOS, NICHTS WIE WEG VON HIER !!
VERSUCHEN WIR, EIN TAXI ZU FINDEN ! ...

WISST IHR, WIE SPÄT ES IST? SEID IHR VERRÜCKT GEWORDEN?
WAS SOLL DAS TAXI, UND WER IST ER?
DANKE!
WIR WERDEN EUCH ALLES ERKLÄREN.
WENIG SPÄTER ...
ABER, VANESSA, IST DIR EIGENTLICH KLAR, WAS DU DA GEMACHT HAST?
ES IST EINE ERNSTE ANGELEGENHEIT. DU WEISST, WO DROGEN HINFÜHREN KÖNNEN!
WIR KÖNNEN DAS NICHT DULDEN. DU HAST HIER ALLES, WAS DU BRAUCHST! SCHAU DIR DEINE SCHWESTER AN, WIE ZUFRIEDEN UND AUSGEGLICHEN SIE IST!...
VIELLEICHT WÄREST DU NOCH VERGEWALTIGT WORDEN, WENN DIE BEIDEN NICHT EINGEGRIFFEN HÄTTEN!...
KOMM, LAURENT, LASSEN WIR SIE!
43
DAS IST MEIN ZIMMER.
HIER IST MIR VOR EINIGER ZEIT KLARGEWORDEN, DASS ICH MICH VERLIEBT HABE ...

DU... DU WILLST MICH ALSO NICHT KÜSSEN? GEFALLE ICH DIR NICHT?
KLAR GEFÄLLST DU MIR! ES IST NICHT DAS...
BIST DU HOMOSEXUELL?
DAS IST ES NICHT! ABER NEIN...
WAS IST ES DANN? WARUM SCHLÄGST DU KINDER? WARUM VERBREITEST DU LÜGEN ÜBER DEINEN BRUDER?
JEAN...
JEAN...
LAURENT, SAG ES MIR! SPRICH!... SPRICH!...

OH, JO! ICH HAB ANGST. SOLCHE ANGST!!
ANGST? WOVOR DENN?...
JEAN... ER HATTE AIDS...
ICH HAB IHN SO GERN GEHABT... UND ER MICH, GLAUBE ICH, AUCH. ER KONNTE PHANTASTISCH ZEICHNEN UND MALEN... ER WOLLTE MALER WERDEN, ABER MEIN VATER WAR DAGEGEN. ER HAT IHN ZU EINER KAUFMÄNNISCHEN AUSBILDUNG GEZWUNGEN. JEAN WAR TOTAL VERZWEIFELT. ER IST BUCHHALTER IN EINER FIRMA GEWORDEN. MEINE ELTERN WAREN GLÜCKLICH, UND ER HAT ANGEFANGEN ZU TRINKEN...
... MEIN VATER UND ER HABEN SICH NUR NOCH ANGESCHRIEN. DA IST ER AUSGEZOGEN...

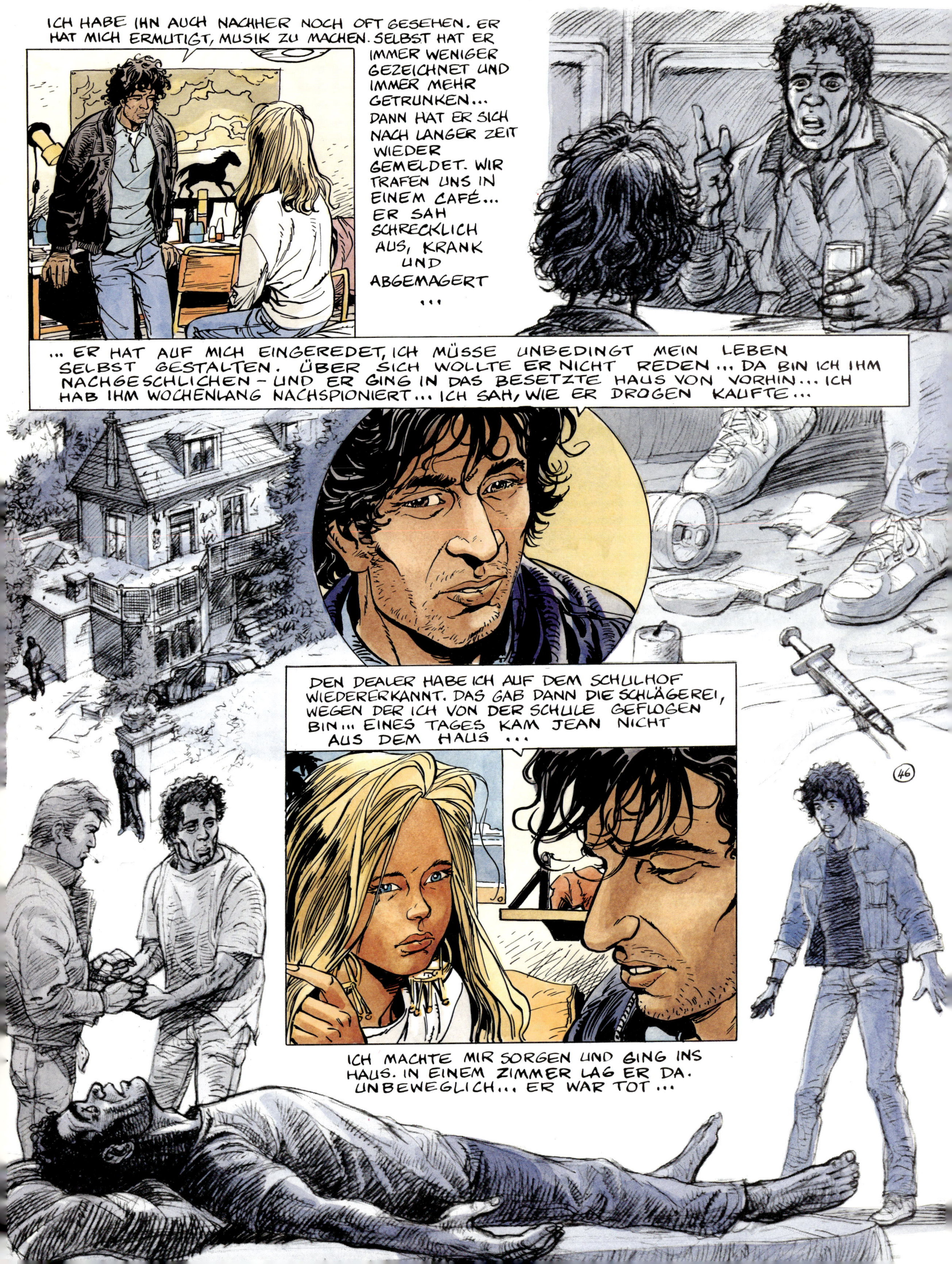
ICH HABE IHN AUCH NACHHER NOCH OFT GESEHEN. ER HAT MICH ERMUTIGT, MUSIK ZU MACHEN. SELBST HAT ER IMMER WENIGER GEZEICHNET UND IMMER MEHR GETRUNKEN... DANN HAT ER SICH NACH LANGER ZEIT WIEDER GEMELDET. WIR TRAFEN UNS IN EINEM CAFÉ... ER SAH SCHRECKLICH AUS, KRANK UND ABGEMAGERT ...
... ER HAT AUF MICH EINGEREDET, ICH MÜSSE UNBEDINGT MEIN LEBEN SELBST GESTALTEN. ÜBER SICH WOLLTE ER NICHT REDEN... DA BIN ICH IHM NACHGESCHLICHEN – UND ER GING IN DAS BESETZTE HAUS VON VORHIN... ICH HAB IHM WOCHENLANG NACHSPIONIERT... ICH SAH, WIE ER DROGEN KAUFTE...
DEN DEALER HABE ICH AUF DEM SCHULHOF WIEDERERKANNT. DAS GAB DANN DIE SCHLÄGEREI, WEGEN DER ICH VON DER SCHULE GEFLOGEN BIN... EINES TAGES KAM JEAN NICHT AUS DEM HAUS ...
ICH MACHTE MIR SORGEN UND GING INS HAUS. IN EINEM ZIMMER LAG ER DA. UNBEWEGLICH... ER WAR TOT ...

DIE POLIZEI IST GEKOMMEN. ES GAB EINE AUTOPSIE: TOD DURCH ÜBERDOSIS. UND ER HATTE AIDS. WOHL DURCH EINE GEBRAUCHTE SPRITZE
WIR WISSEN NICHT, OB ES EIN UNFALL WAR ODER ABSICHT... NIE WERDE ICH SEIN GESICHT VERGESSEN.
MEINE ELTERN HATTEN KEINE AHNUNG. ES TRAF SIE WIE DER SCHLAG. SIE HABEN DIE GESCHICHTE MIT DEM TAUCHUNFALL ERFUNDEN, UND ICH MUSSTE SCHWEIGEN. IN DER FAMILIE MALET HAT MAN KEIN AIDS, SEITHER HABE ICH ANGST...
WIESO? DU KANNST DOCH NICHTS DAFÜR! ...
NEIN, SCHON NICHT, ABER DAMALS HATTE ICH SEXUELLE KONTAKTE OHNE SCHUTZ...
AIDS WAR NOCH KEIN THEMA. ICH HABE DIE MÄDCHEN NUR GEFRAGT, OB SIE DIE PILLE NÄHMEN. JETZT TRAUE ICH MICH NICHT MEHR, ICH HABE ANGST, ANGESTECKT ZU WERDEN ODER SELBST JEMANDEN ANZUSTECKEN...
ABER DU KANNST DOCH NICHT SO WEITERLEBEN! DU MUSST DEN TEST MACHEN!
DEN TEST? KLAR... ABER ICH TRAU MICH NICHT...
LAURENT, ICH HABE EINEN VORSCHLAG: UNSER HAUSARZT IST SPITZE. ICH MELDE UNS BEI IHM AN, UND WIR MACHEN DEN TEST ZUSAMMEN!
DU... DU WÄREST BEREIT, DAS ZU TUN?

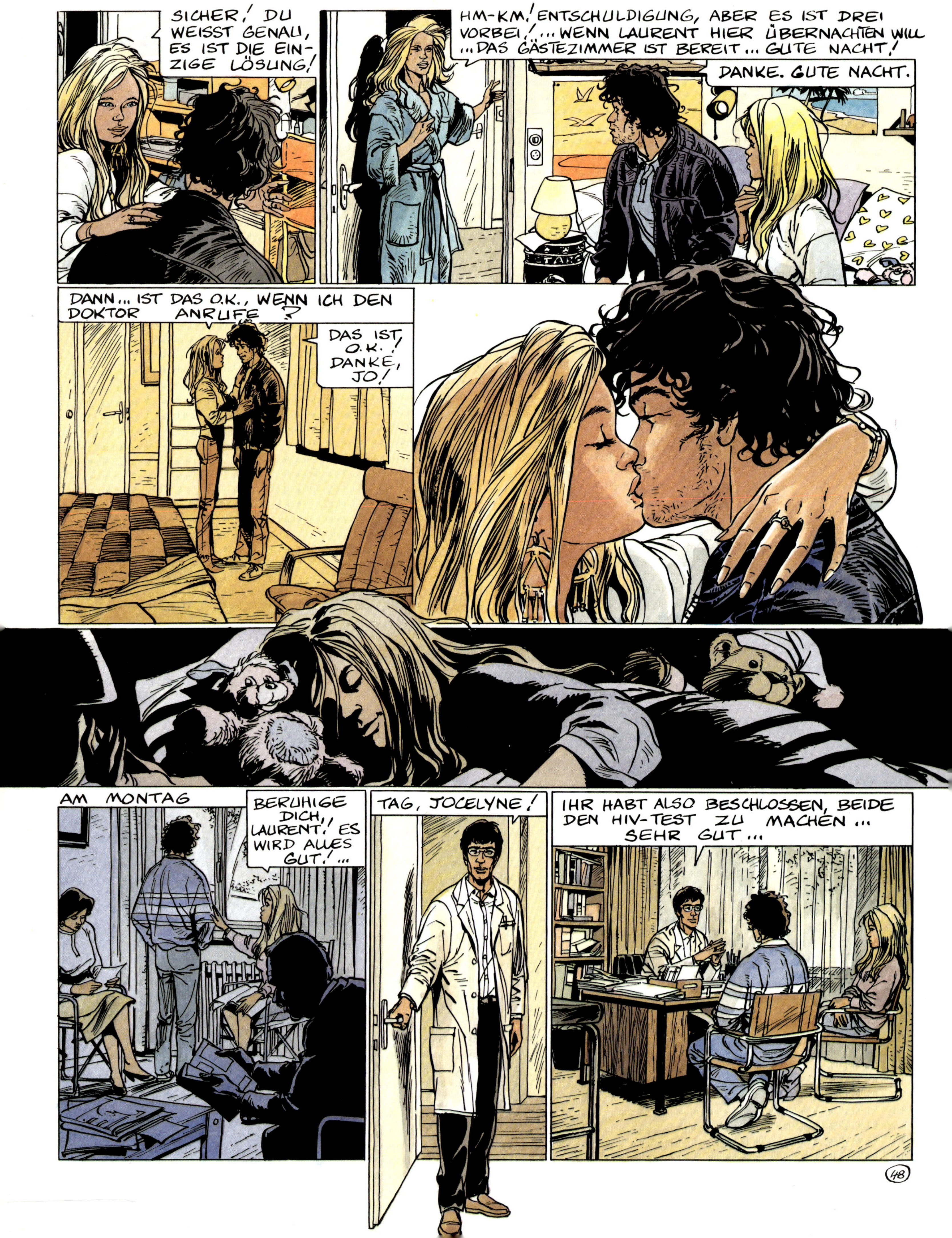
SICHER! DU WEISST GENAU, ES IST DIE EINZIGE LÖSUNG!
HM-KM! ENTSCHULDIGUNG, ABER ES IST DREI VORBEI! ... WENN LAURENT HIER ÜBERNACHTEN WILL ... DAS GÄSTEZIMMER IST BEREIT ... GUTE NACHT!
DANKE. GUTE NACHT.
DANN... IST DAS O.K., WENN ICH DEN DOKTOR ANRUFE?
DAS IST O.K.! DANKE, JO!
AM MONTAG
BERUHIGE DICH, LAURENT! ES WIRD ALLES GUT! ...
TAG, JOCELYNE!
IHR HABT ALSO BESCHLOSSEN, BEIDE DEN HIV-TEST ZU MACHEN ... SEHR GUT ...

IHR SAGT, IHR HABT BEIDE IN DEN LETZTEN DREI MONATEN KEINE KONTAKTE GEHABT ...
... FOLGLICH WERDEN DIE TESTS ZUVERLÄSSIG SEIN.
IN EINER WOCHE HABEN WIR DIE RESULTATE ...
DANKE, HERR DOKTOR.
UND GRÜSSE AN DEINE ELTERN!
KOMM, ICH WILL DIR EINEN FREUND VORSTELLEN...
WEISST DU, JO, OHNE DICH HÄTTE ICH NIE DEN MUT GEHABT, DEN TEST ZU MACHEN ...
PATRICK, DAS IST JOCELYNE. JO FÜR IHRE FREUNDE.
SALÜ, JO!
PATRICK, ICH HAB DICH SCHON SPIELEN GEHÖRT. SUPER!

EINE WOCHE DES WARTENS. ABER AUCH DIE GELEGENHEIT, EINANDER BESSER KENNENZULERNEN.
YAMAHA DX7
ICH HAB SCHISS, JO!... ICH HAB SO SCHISS!!
ICH VERSTEH DICH, ABER DU MUSST VERTRAUEN HABEN ...
VOR ALLEM DIE NÄCHTE...
... SIND LANG...
IN EIN PAAR MINUTEN WISSEN WIR'S ...

HEUTE MORGEN HABE ICH DIE TESTERGEBNISSE BEKOMMEN ...
LAURENT, ALLES IN ORDNUNG. SIE SIND HIV-NEGATIV!
ICH HAB'S JA GESAGT! SUPER!! ICH BIN SO GLÜCKLICH!!
ABER BEI DIR, JOCELYNE, GIBT ES EIN PROBLEM ...
EIN PROBLEM!?
ES TUT MIR LEID, DAS ERGEBNIS IST EINDEUTIG! DU BIST HIV-POSITIV ...
DAS IST NICHT WAHR!...

LEIDER IST JEDER IRRTUM AUSGESCHLOSSEN, JOCELYNE.
NEIN!
DAS IST NICHT WAHR!... DAS IST NICHT WAHR!...
BERUHIGE DICH!
DER TEST BESAGT NUR, DASS DU EINMAL MIT DEM AIDS-VIRUS HIV IN KONTAKT GEKOMMEN BIST UND ANTIKÖRPER PRODUZIERT HAST. DAS HEISST NICHT, DASS DU AIDS HAST.

WO IST DA DER UNTERSCHIED ?...
WIR WISSEN JETZT, DASS DU INFIZIERT BIST. DAS ERLAUBT UNS ZU HANDELN.
UND WIE ?
ZUERST MÜSSEN WIR HERAUSFINDEN, OB DER VIRUS SCHON SCHADEN ANGERICHTET HAT.
ICH SCHICKE DICH AM BESTEN ZU EINEM SPEZIALISTEN, UM ZU ENTSCHEIDEN, OB DU EINE BEHANDLUNG BRAUCHST ODER OB BEOBACHTUNG GENÜGT.
ICH BEGREIFE NICHT, WIE ICH HIV-POSITIV SEIN KANN... DANIEL, MEIN EX-FREUND, HAT IMMER EIN PRÄSERVATIV BENÜTZT. SEITHER HABE ICH KEINE KONTAKTE MEHR GEHABT... UND DROGEN HABE ICH NIE GENOMMEN...
VERZEIH MIR DIE FRAGE, ABER WAR DIESER DANIEL DEINE ERSTE BEZIEHUNG ?
HMM... VIELLEICHT EIN, ZWEI FLIRTS OHNE FOLGEN... UND DANN NOCH DIESER ABEND ...
...DIESER ABEND... OH! DAS DARF DOCH NICHT WAHR SEIN!!

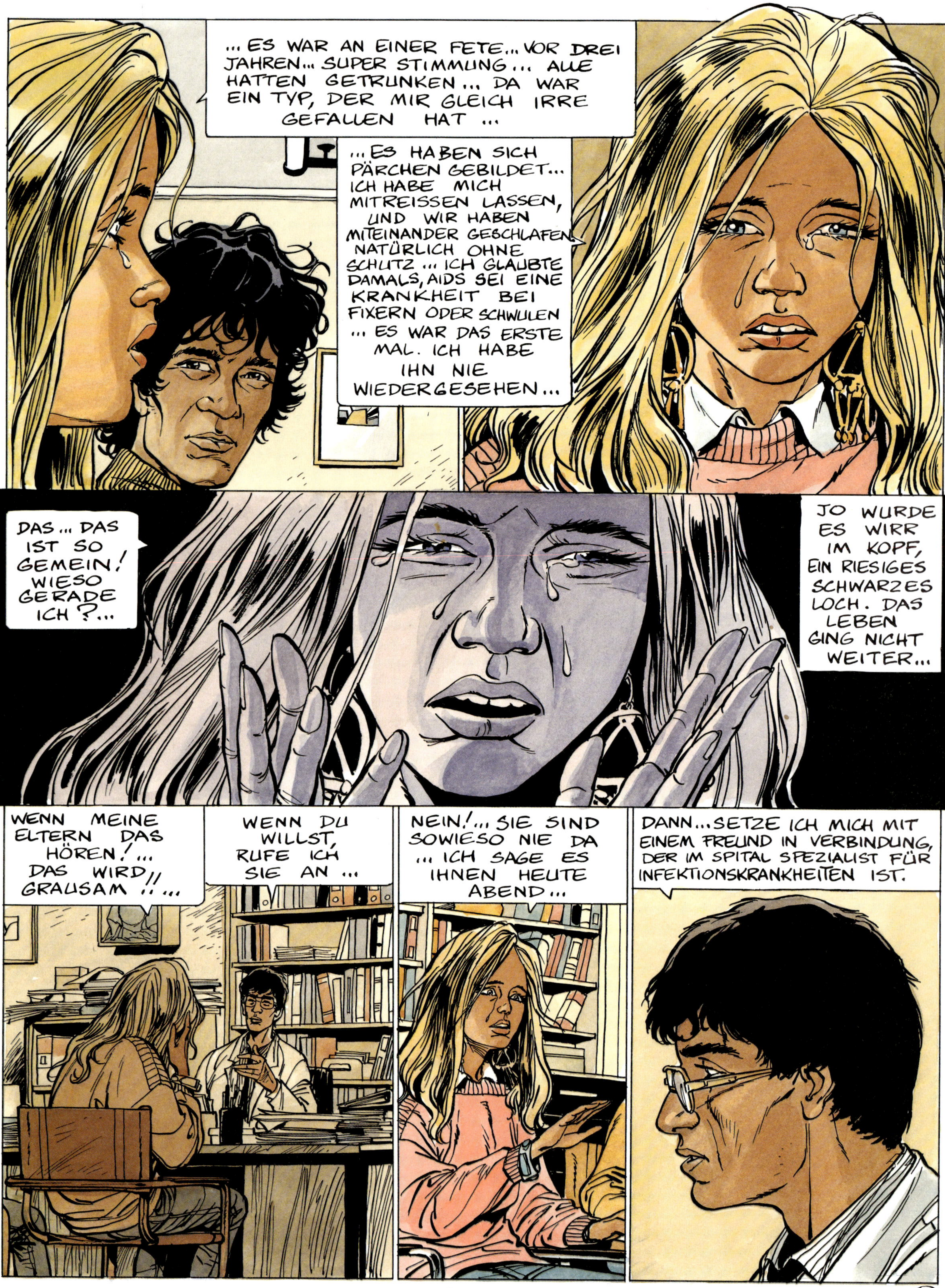
... ES WAR AN EINER FETE... VOR DREI JAHREN... SUPER STIMMUNG... ALLE HATTEN GETRUNKEN... DA WAR EIN TYP, DER MIR GLEICH IRRE GEFALLEN HAT ...
... ES HABEN SICH PÄRCHEN GEBILDET... ICH HABE MICH MITREISSEN LASSEN, UND WIR HABEN MITEINANDER GESCHLAFEN. NATÜRLICH OHNE SCHUTZ ... ICH GLAUBTE DAMALS, AIDS SEI EINE KRANKHEIT BEI FIXERN ODER SCHWULEN ... ES WAR DAS ERSTE MAL. ICH HABE IHN NIE WIEDERGESEHEN...
DAS... DAS IST SO GEMEIN! WIESO GERADE ICH?...
JO WURDE ES WIRR IM KOPF, EIN RIESIGES SCHWARZES LOCH. DAS LEBEN GING NICHT WEITER...
WENN MEINE ELTERN DAS HÖREN!... DAS WIRD GRAUSAM!!...
WENN DU WILLST, RUFE ICH SIE AN ...
NEIN!... SIE SIND SOWIESO NIE DA ... ICH SAGE ES IHNEN HEUTE ABEND...
DANN... SETZE ICH MICH MIT EINEM FREUND IN VERBINDUNG, DER IM SPITAL SPEZIALIST FÜR INFEKTIONSKRANKHEITEN IST.

ICH TRAU MICH NICHT, ALLEIN MIT MEINEN ELTERN ZU REDEN... WÜRDEST DU MITKOMMEN, LAURENT?
KLAR! JO, ICH MÖCHTE, DASS DU WEISST, DASS SICH FÜR MICH NICHTS GEÄNDERT HAT. ICH BLEIBE BEI DIR.
DANKE, LAURENT!
DAS GESPRÄCH MIT JOS ELTERN WAR NICHT EINFACH...
ABER DAS IST JA FURCHTBAR, JO, DU DOCH NICHT!
ICH... ICH DACHTE, DU WÜRDEST MIR IMMER ALLES ERZÄHLEN...
IST DIR KLAR, IN WELCHE LAGE DU UNS BRINGST?
IHR SEID JA NIE DA. DU, PAPA, HAST DEINE ARBEIT UND NICHTS ALS DEINE ARBEIT, UND DU, MAMA, BIST ENTWEDER BEIM FITNESS ODER BEIM FRISEUR!...
MEIN GOTT, WIE BRINGEN WIR DAS DER FAMILIE BEI?!...

UND AN JO DENKEN SIE WOHL ÜBERHAUPT NICHT?
DAS IST NICHT IHRE ANGELEGENHEIT, JUNGER MANN!
DAS IST DURCHAUS MEINE ANGELEGENHEIT! JO BRAUCHT HILFE UND VERTRAUEN. SIE WIRD ZU MIR ZIEHEN, UND ICH KÜMMERE MICH UM SIE.
LAURENT HAT RECHT ... BEI IHM FÜHLE ICH MICH WOHL ... UND WIR KÖNNEN ALLE IN RUHE DARÜBER NACHDENKEN ...
ES WURDE EIN ENDLOSER ABEND... JO, LAURENT UND PATRICK HATTEN VIEL ZU BESPRECHEN ...
ES IST SCHLIMM, JO, ABER WIR WISSEN WENIGSTENS, DASS ES ABSOLUT UNGEFÄHRLICH IST, MIT JEMANDEM ZUSAMMENZULEBEN, DER HIV-POSITIV IST.
HIER HABEN WIR NICHT GENUG PLATZ ZU DRITT. ICH WILL MIT EINEM FREUND MEINES VATERS REDEN, DER ALLEIN IN EINEM GROSSEN HAUS WOHNT ...
DANKE, PATRICK!
LAURENT, DAS IST EIN EINZIGER ALPTRAUM... ICH WILL AUFWACHEN... AUFWACHEN!
WARTEN WIR ERST MAL DIE ERGEBNISSE AUS DEM SPITAL AB...
56

DAS NEUE LEBEN BEGINNT. NACH ZEHN TAGEN IM BÜRO VON DR. LORIA ...
... AUSSER DEN GESCHWOLLENEN LYMPHKNOTEN AM HALS HAT DIE UNTERSUCHUNG NICHTS ERGEBEN ...
... WAS MIT DEM HIV-VIRUS ZUSAMMENHÄNGT. IHR ORGANISMUS SETZT SICH ZUR WEHR ...
WIR HABEN ALLERDINGS EINE LEICHTE ABNAHME DER WEISSEN BLUTKÖRPERCHEN FESTGESTELLT. SICHERHEITSHALBER SOLLTEN WIR UNS IN DREI MONATEN WIEDERSEHEN.
EIN BISSCHEN BIN ICH ERLEICHTERT...
HIV-POSITIV HEISST JA AUCH NICHT, DASS MAN UNBEDINGT AIDS KRIEGT...
UND ICH KANN EUCH SAGEN, DASS ES MIT DEM HAUS KLAPPT, WIR KÖNNEN EINZIEHEN, WANN WIR WOLLEN!
SUPER!
AM SAMSTAG SOLLEN WIR ES ANSCHAUEN.
DAS IST ES!...

HALLO! ICH HEISSE JEAN-CLAUDE. KOMMT REIN!
DA WOHNE ICH.
MEINE FRAU UND ICH WOLLTEN DEN DACHSTOCK AUSBAUEN. ABER DAS LEBEN HAT ANDERS ENTSCHIEDEN. JETZT IST MIR NICHT MEHR DANACH.
DAS HAUS WAR GROSS, UND DER BESITZER WAR IN ORDNUNG ...
... IM KELLER KÖNNT IHR SOVIEL MUSIZIEREN, WIE IHR WOLLT. ICH MAG DAS.
DANKE, JEAN-CLAUDE. DAS IST JA TOLL!
OLIVIER HILFT UNS SICHER MIT SEINEM BUS BEIM UMZUG.
UND ICH HABE JEDE MENGE ZEIT, WEIL JA WEIHNACHTSFERIEN SIND.
OLIVIER WAR DIE PÜNKTLICHKEIT SELBST.
DA KOMMT ER!
TUUT
OLIVIER, DAS IST JO, MEINE FREUNDIN.
SALÜ, OLIVIER!
SALÜ! HE, KENNEN WIR UNS NICHT VON IRGENDWO? ...

JA ?
KLAR! DAS WAR VOR VIELLEICHT DREI JAHREN, AN EINER IRREN FETE.
ACH JA ... KANN SEIN ... UND JETZT AN DIE ARBEIT!
ICH HAB WOHL WAS DUMMES GESAGT ...
NEIN ... ABER BIST DU GANZ SICHER?
JA! SIE WAR DIE TOLLSTE NUMMER DORT! UND BOB, EIN KOLLEGE, HAT SIE MIR WEGGESCHNAPPT ...
UND DIESER BOB, WEISST DU, WO ER WOHNT?
KÖNNTE ICH RAUSFINDEN ... ABER WIESO?
ES IST SEHR WICHTIG. ICH ERKLÄRE ES DIR SPÄTER.
ZWEI WOCHEN SPÄTER ...
MENSCH, LAURENT, UNSER ZUHAUSE! WAHNSINN! DU HAST SOVIEL GEDULD UND VERSTÄNDNIS ...
... UND WENN DU AUCH SO LUST HAST WIE ICH – DAMIT RISKIEREN WIR NICHTS ...
KLAR HAB ICH AUCH LUST! SCHAU MAL HER! ...

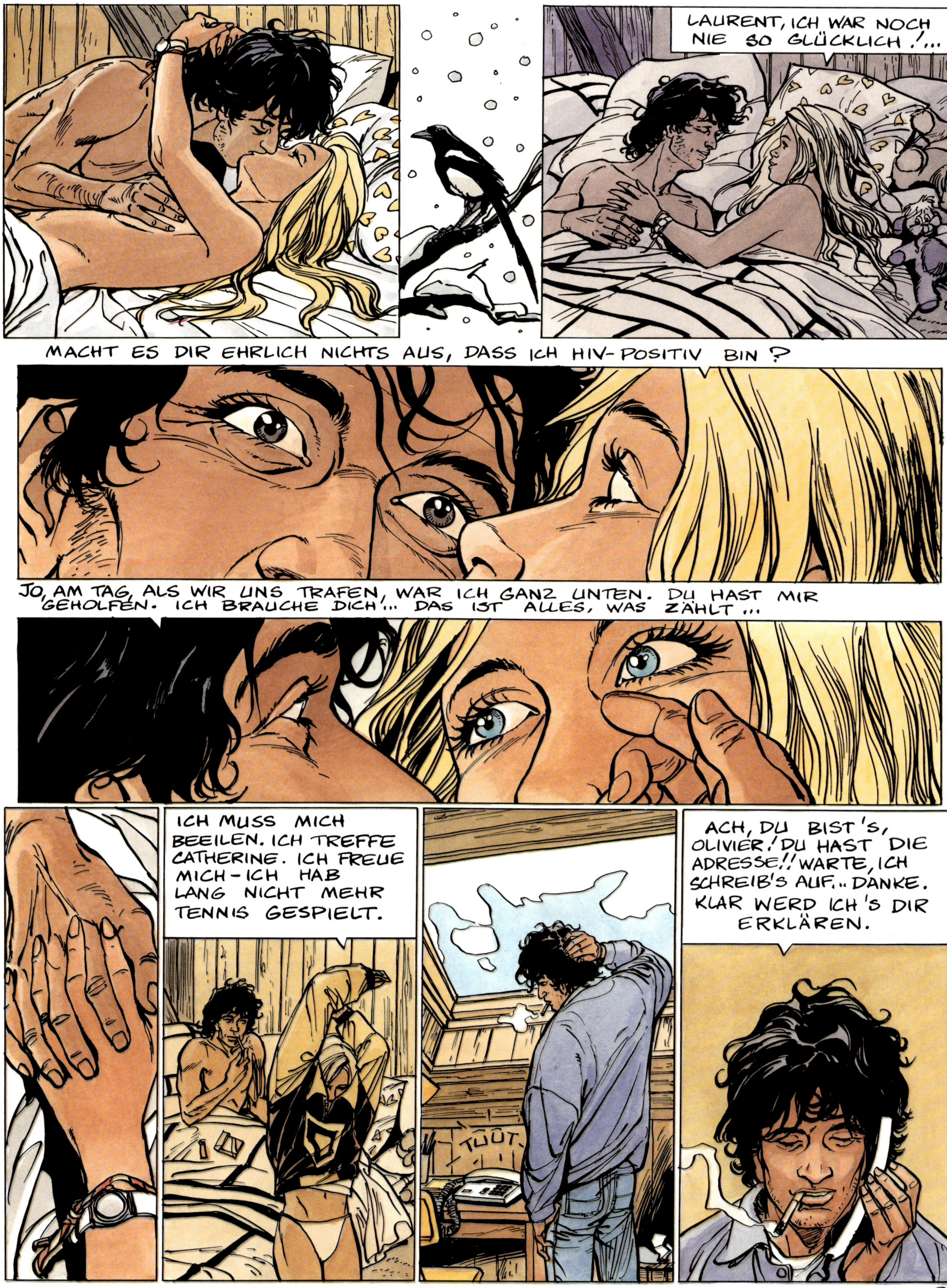
LAURENT, ICH WAR NOCH NIE SO GLÜCKLICH !...
MACHT ES DIR EHRLICH NICHTS AUS, DASS ICH HIV-POSITIV BIN ?
JO, AM TAG, ALS WIR UNS TRAFEN, WAR ICH GANZ UNTEN. DU HAST MIR GEHOLFEN. ICH BRAUCHE DICH ... DAS IST ALLES, WAS ZÄHLT ...
ICH MUSS MICH BEEILEN. ICH TREFFE CATHERINE. ICH FREUE MICH - ICH HAB LANG NICHT MEHR TENNIS GESPIELT.
TUUT
ACH, DU BIST'S, OLIVIER! DU HAST DIE ADRESSE!! WARTE, ICH SCHREIB'S AUF... DANKE. KLAR WERD ICH'S DIR ERKLÄREN.

UFF! DAS TUT GUT!
SECHS NULL! HATTEST DU EINEN DRAUF HEUTE, JO!
ICH MUSSTE MICH ABRE-AGIEREN!
STIMMT WAS NICHT?
ALLERDINGS...
JO BESCHLOSS, CATHERINE ALLES ZU ERZÄHLEN.
DAS IST JA FURCHTBAR! DU ARME...
SICHER... ABER MAN MUSS DAMIT LEBEN... NÄCHSTE WOCHE, GLEICHE ZEIT?
ICH... WEISS NOCH NICHT, OB'S GEHT... ICH RUF DICH AN...
WAS GIBT'S?
ICH MUSS MIT IHNEN REDEN ...ÜBER JOCELYNE DUTOIT... ES IST WICHTIG ...
JOCELYNE DUTOIT? NIE GEHÖRT...
SIE HABEN SIE VOR DREI JAHREN AUF EINER PARTY GETROFFEN. KANN ICH REINKOMMEN?
BITTE!
ÜBERRASCHT, WAS! ICH GEWÖHNE MICH SELBST KAUM DARAN...
61

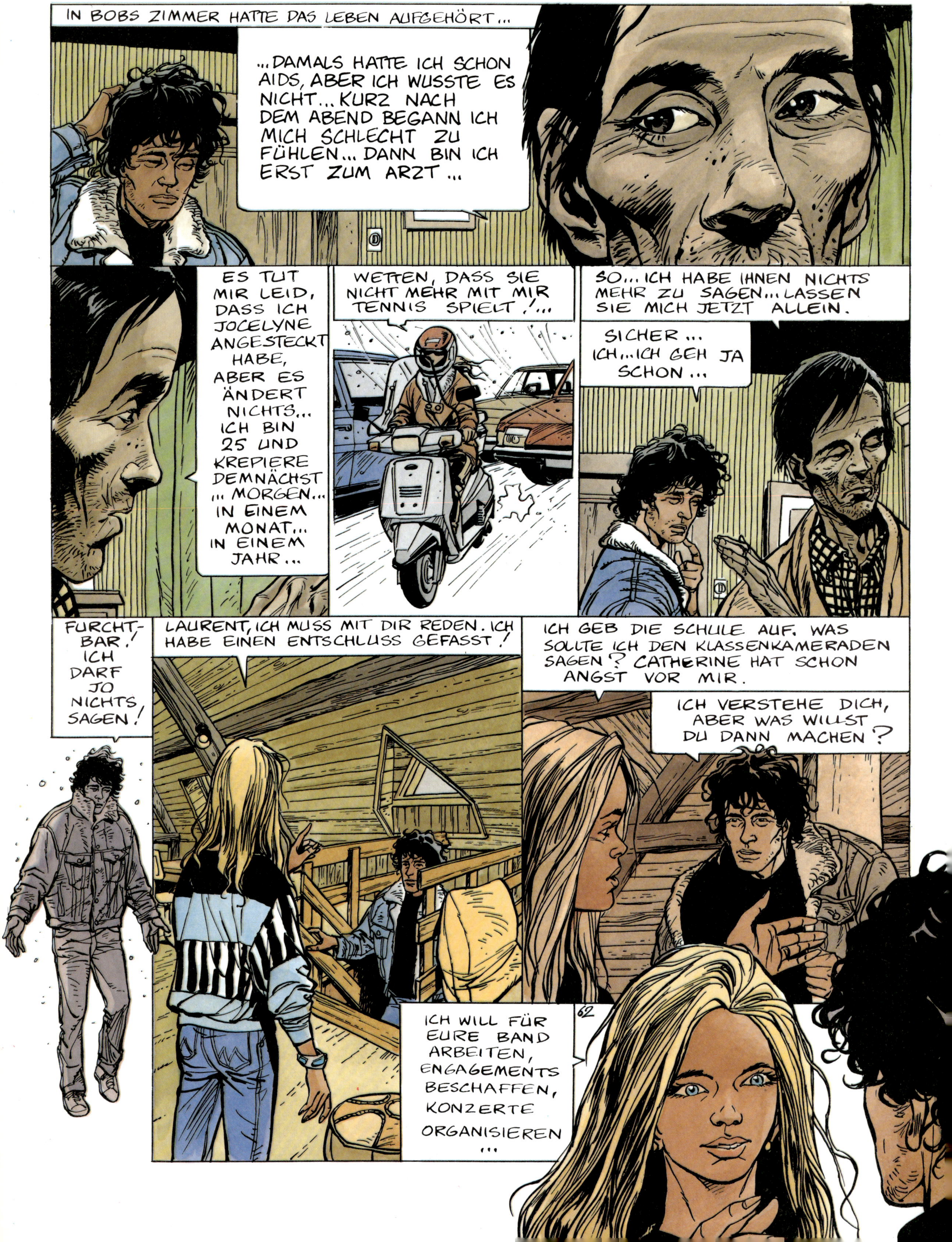
IN BOBS ZIMMER HATTE DAS LEBEN AUFGEHÖRT...
...DAMALS HATTE ICH SCHON AIDS, ABER ICH WUSSTE ES NICHT... KURZ NACH DEM ABEND BEGANN ICH MICH SCHLECHT ZU FÜHLEN... DANN BIN ICH ERST ZUM ARZT...
ES TUT MIR LEID, DASS ICH JOCELYNE ANGESTECKT HABE, ABER ES ÄNDERT NICHTS... ICH BIN 25 UND KREPIERE DEMNÄCHST ... MORGEN... IN EINEM MONAT... IN EINEM JAHR...
WETTEN, DASS SIE NICHT MEHR MIT MIR TENNIS SPIELT!...
SO... ICH HABE IHNEN NICHTS MEHR ZU SAGEN... LASSEN SIE MICH JETZT ALLEIN.
SICHER... ICH...ICH GEH JA SCHON...
FURCHTBAR! ICH DARF JO NICHTS SAGEN!
LAURENT, ICH MUSS MIT DIR REDEN. ICH HABE EINEN ENTSCHLUSS GEFASST!
ICH GEB DIE SCHULE AUF. WAS SOLLTE ICH DEN KLASSENKAMERADEN SAGEN? CATHERINE HAT SCHON ANGST VOR MIR.
ICH VERSTEHE DICH, ABER WAS WILLST DU DANN MACHEN?
ICH WILL FÜR EURE BAND ARBEITEN, ENGAGEMENTS BESCHAFFEN, KONZERTE ORGANISIEREN ...

DAS, IST JA PHANTASTISCH, JO! DAS MÜSSEN WIR GLEICH DEN ANDERN SAGEN!
VOLL ENERGIE MACHTE SICH JO AN IHRE NEUE AUFGABE...
...UND OBWOHL EINE ZWEITE UNTERSUCHUNG WENIGER GÜNSTIGE RESULTATE ERBRACHTE...
ICH WEISS, DASS SIE SICH VÖLLIG GESUND FÜHLEN. DIE BLUTPROBE ZEIGT ABER, DASS DAS VIRUS AKTIV IST. WIR KÖNNEN ES MIT DIESEM MEDIKAMENT BEKÄMPFEN, DAS SIE REGELMÄSSIG EINNEHMEN MÜSSTEN.
...LIESS SIE SICH VON DER EUPHORIE DER BAND ANSTECKEN, DIE VON ERFOLG ZU ERFOLG EILTE...

... UND SO VERSTRICHEN DREI JAHRE VOLL HARMONIE ...
NEIN, AM 14. SIND SIE BESETZT. SAMSTAG, 21.? JA, DAS GEHT!
ICH HÄTTE NIE GEDACHT, DASS DAS LEBEN ZU ZWEIT SO SCHÖN SEIN KANN!
HE! IST ALLES IN ORDNUNG?...
JA, JA... NUR ETWAS MÜDE ...

... SOWOHL MUSIKALISCH WIE AUCH PRIVAT ...
LAURENT, ICH WOLLTE DICH DAMIT NICHT LANGWEILEN, ABER IN LETZTER ZEIT GEHT'S MIR NICHT GUT. ICH HABE OFT FURCHTBAR MIGRÄNE.
DU FÜHLST DICH HEISS AN! ... DU MUSST SOFORT ZUM ARZT!
ICH FÜRCHTE, DU MACHST AN EINER INFEKTION HERUM. ICH WERDE DICH INS SPITAL EINWEISEN.

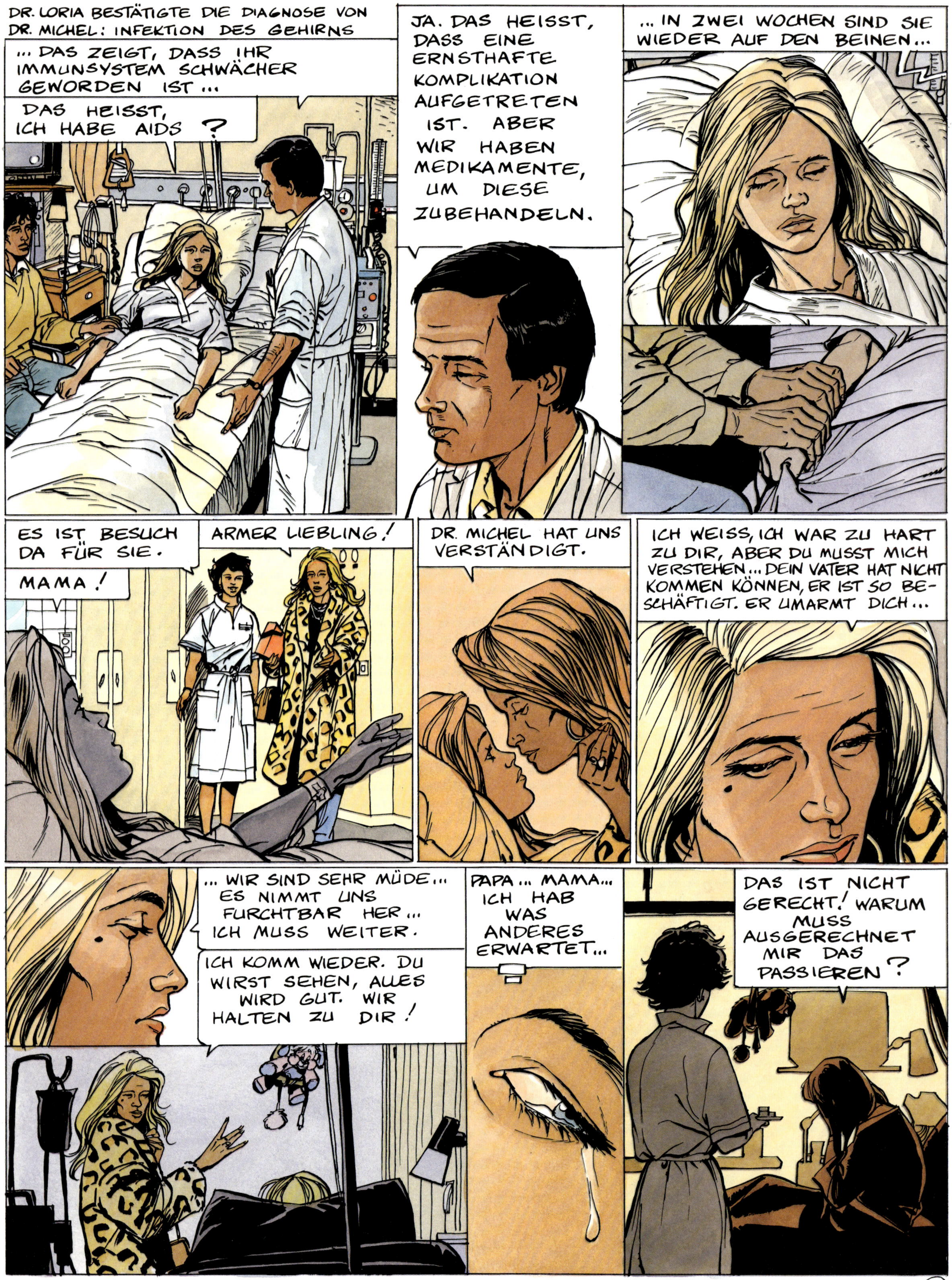
DR. LORIA BESTÄTIGTE DIE DIAGNOSE VON DR. MICHEL: INFEKTION DES GEHIRNS
... DAS ZEIGT, DASS IHR IMMUNSYSTEM SCHWÄCHER GEWORDEN IST ...
DAS HEISST, ICH HABE AIDS?
JA. DAS HEISST, DASS EINE ERNSTHAFTE KOMPLIKATION AUFGETRETEN IST. ABER WIR HABEN MEDIKAMENTE, UM DIESE ZUBEHANDELN.
... IN ZWEI WOCHEN SIND SIE WIEDER AUF DEN BEINEN...
ES IST BESUCH DA FÜR SIE.
MAMA!
ARMER LIEBLING!
DR. MICHEL HAT UNS VERSTÄNDIGT.
ICH WEISS, ICH WAR ZU HART ZU DIR, ABER DU MUSST MICH VERSTEHEN... DEIN VATER HAT NICHT KOMMEN KÖNNEN, ER IST SO BESCHÄFTIGT. ER UMARMT DICH...
... WIR SIND SEHR MÜDE... ES NIMMT UNS FURCHTBAR HER... ICH MUSS WEITER.
ICH KOMM WIEDER. DU WIRST SEHEN, ALLES WIRD GUT. WIR HALTEN ZU DIR!
PAPA... MAMA... ICH HAB WAS ANDERES ERWARTET...
DAS IST NICHT GERECHT! WARUM MUSS AUSGERECHNET MIR DAS PASSIEREN?

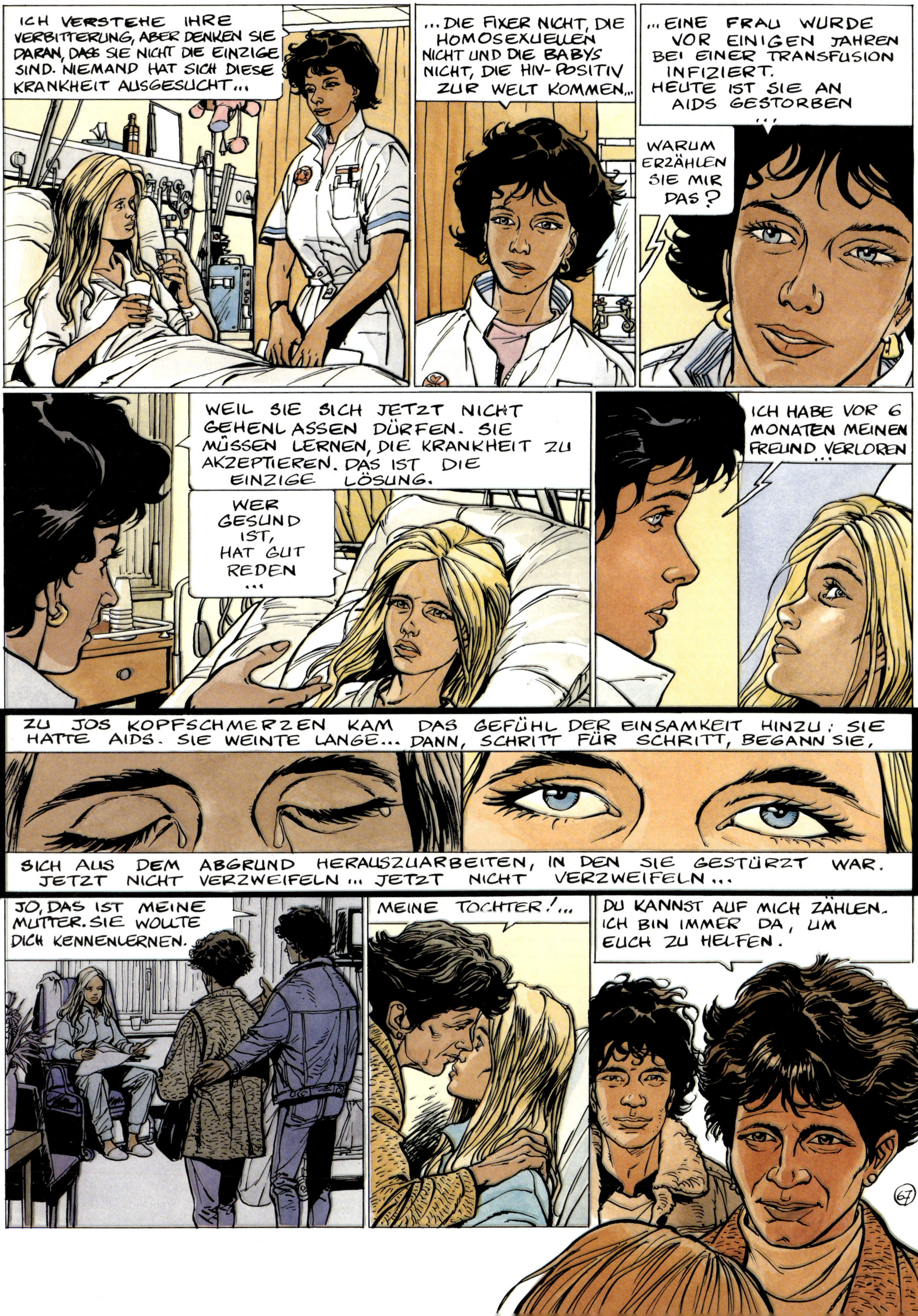
ICH VERSTEHE IHRE VERBITTERUNG, ABER DENKEN SIE DARAN, DASS SIE NICHT DIE EINZIGE SIND. NIEMAND HAT SICH DIESE KRANKHEIT AUSGESUCHT...
...DIE FIXER NICHT, DIE HOMOSEXUELLEN NICHT UND DIE BABYS NICHT, DIE HIV-POSITIV ZUR WELT KOMMEN...
...EINE FRAU WURDE VOR EINIGEN JAHREN BEI EINER TRANSFUSION INFIZIERT. HEUTE IST SIE AN AIDS GESTORBEN...
WARUM ERZÄHLEN SIE MIR DAS?
WEIL SIE SICH JETZT NICHT GEHENLASSEN DÜRFEN. SIE MÜSSEN LERNEN, DIE KRANKHEIT ZU AKZEPTIEREN. DAS IST DIE EINZIGE LÖSUNG.
WER GESUND IST, HAT GUT REDEN...
ICH HABE VOR 6 MONATEN MEINEN FREUND VERLOREN...
ZU JOS KOPFSCHMERZEN KAM DAS GEFÜHL DER EINSAMKEIT HINZU: SIE HATTE AIDS. SIE WEINTE LANGE... DANN, SCHRITT FÜR SCHRITT, BEGANN SIE,
SICH AUS DEM ABGRUND HERAUSZUARBEITEN, IN DEN SIE GESTÜRZT WAR. JETZT NICHT VERZWEIFELN... JETZT NICHT VERZWEIFELN...
JO, DAS IST MEINE MUTTER. SIE WOLLTE DICH KENNENLERNEN.
MEINE TOCHTER!...
DU KANNST AUF MICH ZÄHLEN. ICH BIN IMMER DA, UM EUCH ZU HELFEN.

DAS LEBEN KEHRTE IN SEINE GEWOHNTEN BAHNEN ZURÜCK. NUR AB UND ZU ZWANG EIN ANFALL VON MÜDIGKEIT JO ZU EINER PAUSE.
JOCELYNE, PATRICK HAT MIT MIR GESPROCHEN. ES TUT MIR SCHRECKLICH LEID ... ICH HABE DA ETWAS ...
... WAS IHNEN VIELLEICHT SPASS MACHT:
DON BOSCO
MEINE ALTEN LIEBLINGSCOMICS ...
DANKE, JEAN-CLAUDE! SIE SIND EIN SUPER TYP!
FÜR JO BEGANNEN DIE DINGE SICH ZU ÄNDERN. VIELES, WAS IHR FRÜHER KAUM AUFGEFALLEN WÄRE, WURDE JETZT WICHTIG: EIN LÄCHELN, EINE BERÜHRUNG, VOGELGEZWITSCHER.
WAU! WAU!
MENSCHENSKIND!
BRUNA! MEINE BRUNA!
VANESSA! ES IST SCHÖN, DICH ZU SEHEN!
HALLO, SCHWESTERCHEN!

KOMM REIN, WIR TRINKEN WAS!
WEISST DU, JO, ICH HABE VIEL NACHGEDACHT... ICH GLAUBE, DU BIST WICHTIGER FÜR MICH, ALS ICH MEINTE... ICH HABE SCHLUSS GEMACHT MIT ERIC. DER SPINNT JA!... ER SPRITZT SICH EINFACH ZU TODE...
ICH MACH MEHR FÜR DIE SCHULE, UND AUCH ZUHAUSE GEHT'S BESSER. WIR HABEN GEMEINSAM BESCHLOSSEN, DASS ICH BRUNA ZU DIR BRINGE. MAMA UND PAPA GEHT'S ZIEMLICH MIES. SIE REDEN KAUM MITEINANDER. ICH BIN SICHER, DASS DU MIT LAURENT VIEL GLÜCKLICHER BIST... TROTZ DER KRANKHEIT...
VANESSA! SOVIEL HAST DU IN DEINEM LEBEN NOCH NIE AN EINEM STÜCK GESAGT! ICH FIND'S WIRKLICH IRRE, DASS DU GEKOMMEN BIST!...
TÜÜÜT
HALLO! LAURENT! ALLES O.K.?... EIN FREUND VON OLIVIER ... MORGEN ABEND?... NA KLAR!... BIS MORGEN! ICH DICH AUCH!
SIE REDETEN NOCH LANGE MITEINANDER...
ICH GLAUBE, ICH SOLLTE SO LANGSAM...
PASS AUF DICH AUF, VANESSA! EIN EINZIGES MAL UNVORSICHTIG SEIN KANN SCHON GENÜGEN...
DAS HAB ICH GELERNT, JO! UM MICH BRAUCHST DU DIR WIRKLICH KEINE SORGEN ZU MACHEN...

BRUNA, DIR KANN ICH ES JA SAGEN... ES IST SCHRECKLICH, IN MEINEM ALTER VERURTEILT ZU SEIN!... SIE FINDEN SICHER KEIN MITTEL, BEVOR ICH STERBE... ICH HABE SO FURCHTBAR ANGST!... ICH WUSSTE NICHT, DASS MAN SOVIEL ANGST HABEN KANN... WAS TÄTE ICH OHNE LAURENT...
AM NÄCHSTEN ABEND, NACH DEM ESSEN, ERZÄHLT JOËL, DER FREUND VON OLIVIER...
... UND DANN IST EIN FREUND AN EINER ÜBERDOSIS GESTORBEN... DA HABE ICH AUFGEHÖRT...
... KAUM WAR ICH CLEAN, PÄNG! KOMMT DER HAMMER: HIV-POSITIV!... ICH HAB MICH GEFÜHLT WIE EIN AUSSÄTZIGER...
GOTTSEIDANK HAB ICH DANN LEUTE KENNENGELERNT, DIE EIN DROP-IN AUF DIE BEINE GESTELLT HABEN, FÜR ALLE, DIE ÜBER IHRE PROBLEME REDEN MÖCHTEN...
DORT IST MIR KLARGEWORDEN, DASS ICH MEIN LEBEN ÄNDERN MÜSSTE, UM AUS DER SCHEISSE HERAUSZUKOMMEN, IN DER ICH MIT DEN DROGEN ANGEFANGEN HABE...
ICH VERDANKE ES DER BEZIEHUNG MIT LAURENT, DASS ICH MEIN SCHICKSAL AKZEPTIEREN UND WEITERLEBEN KANN...
EINMAL MÜSSEN WIR EINSEHEN, DASS DIE GANZE ERDE KRANK IST, KRANK WEGEN DER DUMMHEIT DER MENSCHEN! DIE UMWELT, DER HUNGER, DER KRIEG, WIR SELBST SIND VERANTWORTLICH, UND WENN WIR NICHTS UNTERNEHMEN, IST ALLES VORBEI!...

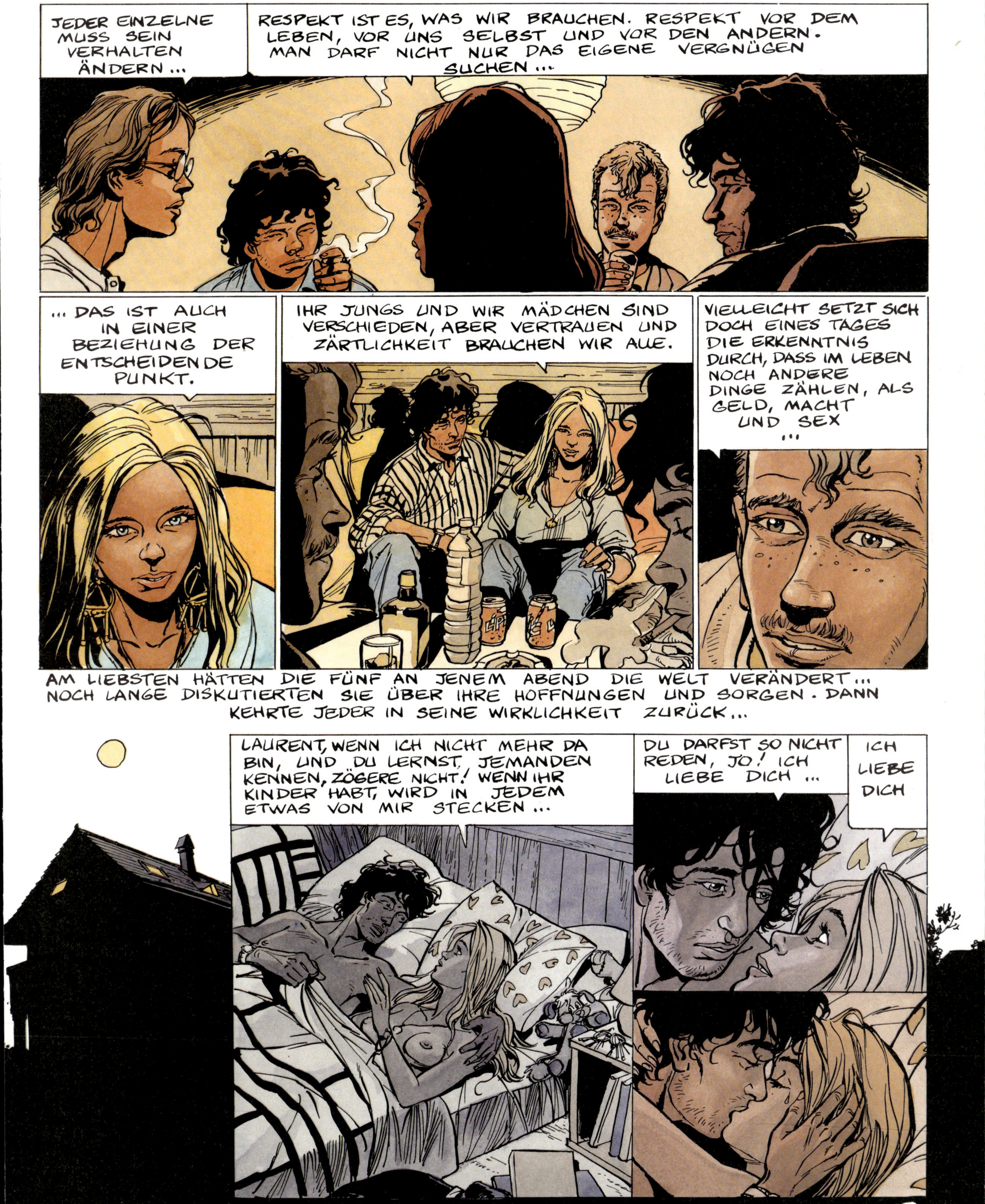

JEDER EINZELNE MUSS SEIN VERHALTEN ÄNDERN ...
RESPEKT IST ES, WAS WIR BRAUCHEN. RESPEKT VOR DEM LEBEN, VOR UNS SELBST UND VOR DEN ANDERN. MAN DARF NICHT NUR DAS EIGENE VERGNÜGEN SUCHEN ...
... DAS IST AUCH IN EINER BEZIEHUNG DER ENTSCHEIDENDE PUNKT.
IHR JUNGS UND WIR MÄDCHEN SIND VERSCHIEDEN, ABER VERTRAUEN UND ZÄRTLICHKEIT BRAUCHEN WIR ALLE.
VIELLEICHT SETZT SICH DOCH EINES TAGES DIE ERKENNTNIS DURCH, DASS IM LEBEN NOCH ANDERE DINGE ZÄHLEN, ALS GELD, MACHT UND SEX ...
AM LIEBSTEN HÄTTEN DIE FÜNF AN JENEM ABEND DIE WELT VERÄNDERT ... NOCH LANGE DISKUTIERTEN SIE ÜBER IHRE HOFFNUNGEN UND SORGEN. DANN KEHRTE JEDER IN SEINE WIRKLICHKEIT ZURÜCK ...
LAURENT, WENN ICH NICHT MEHR DA BIN, UND DU LERNST JEMANDEN KENNEN, ZÖGERE NICHT! WENN IHR KINDER HABT, WIRD IN JEDEM ETWAS VON MIR STECKEN ...
DU DARFST SO NICHT REDEN, JO! ICH LIEBE DICH ...
ICH LIEBE DICH

EINES ABENDS...
DAS GEFÄLLT MIR SCHON VIEL BESSER SO!
ICH GEH MAL SCHNELL ZU DEINER MUTTER RAUF IN DIE KÜCHE.
SIE HAT RECHT!
LAURENT, ICH HAB MIR WAS ÜBERLEGT...
TEXA
SOUTHSI
WIR SOLLTEN EINEN SONG SCHREIBEN ÜBER JO.
UND ICH WOLLTE DIR GERADE VORSCHLAGEN, DASS WIR ETWAS FÜR IHREN GEBURTSTAG IM SEPTEMBER SCHREIBEN! ...
SOUTHSIDE
ICH HAB AUCH SCHON WAS FÜR DEN TEXT, EIN KOSMISCHER EINSTIEG, SO IM STIL VON: EIN KLEINER PLANET, AUF DEM WEG IN EINE FERNE WELT, EINE RIESIGE SONNE, ABER NOCH NICHT ERHELLT...
DA MÜSSEN WIR UNS ABER DRANMACHEN. WIR HABEN NUR VIER MONATE ...
GISÈLE MALET KAM REGELMÄSSIG AUF BESUCH...
UND, WIE STEHT ES MIT DEN NEUEN LIEDERN?
PHANTASTISCH! ICH FINDE, SIE WERDEN IMMER BESSER...
WENN ICH DRAN DENKE, WIE GLÜCKLICH SIE SEIN KÖNNTEN... EINE FAMILIE GRÜNDEN...
IST WAS, GISÈLE?
NEIN, NEIN, NUR DIE VERFLIXTEN ZWIEBELN!

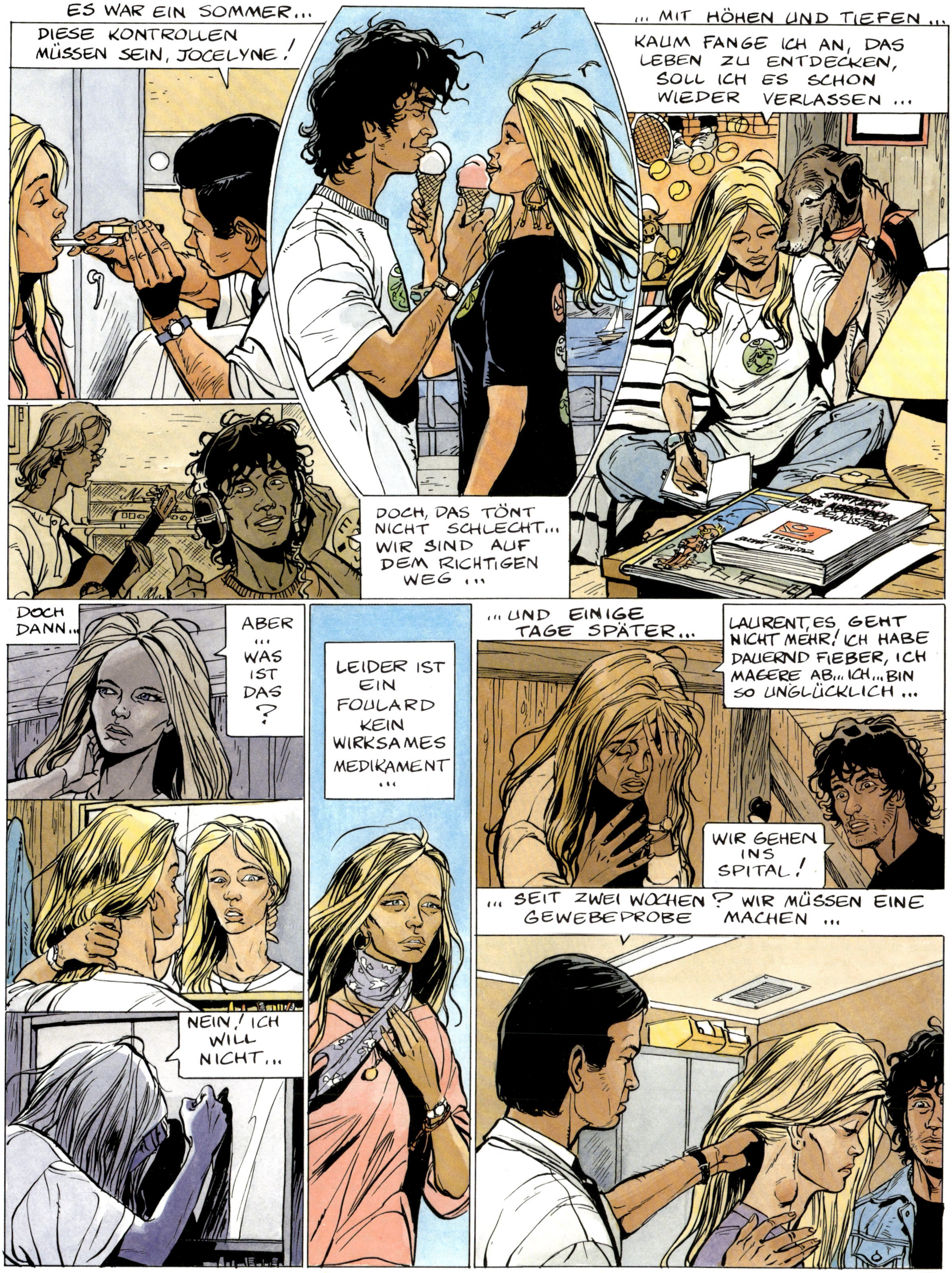
ES WAR EIN SOMMER...
DIESE KONTROLLEN MÜSSEN SEIN, JOCELYNE!
... MIT HÖHEN UND TIEFEN...
KAUM FANGE ICH AN, DAS LEBEN ZU ENTDECKEN, SOLL ICH ES SCHON WIEDER VERLASSEN...
DOCH, DAS TÖNT NICHT SCHLECHT... WIR SIND AUF DEM RICHTIGEN WEG...
DOCH DANN...
ABER ... WAS IST DAS ?
LEIDER IST EIN FOULARD KEIN WIRKSAMES MEDIKAMENT ...
NEIN! ICH WILL NICHT...
... UND EINIGE TAGE SPÄTER...
LAURENT, ES GEHT NICHT MEHR! ICH HABE DAUERND FIEBER, ICH MAGERE AB... ICH... BIN SO UNGLÜCKLICH...
WIR GEHEN INS SPITAL!
... SEIT ZWEI WOCHEN? WIR MÜSSEN EINE GEWEBEPROBE MACHEN...

DER TUMOR WAR WEIT FORTGESCHRITTEN, AUCH AN ANDEREN ORTEN ...
EINE CHEMOTHERAPIE HÄTTE NUR AUFSCHIEBENDE WIRKUNG UND WÄRE NICHT SEHR ANGENEHM. JOCELYNE HAT UNS GEBETEN, NICHT ZU BEHANDELN ...
DAS WAR DAS ENDE ...
... DOCH SIE LERNTEN, AUCH DIESEN SCHLAG HINZUNEHMEN ...
WIR DÜRFEN NICHT TRAURIG SEIN. ES WAREN VIER WUNDERBARE JAHRE. ICH DANKE DIR DAFÜR ...
KÖNNTEN WIR UNS BLOSS NOCH EINMAL LIEBEN ...
DAS TUN WIR DOCH, JO.
JOS KRÄFTE NAHMEN AB ... SIE WUSSTE NICHT GENAU, WER BEI IHR WAR, ABER ES WAREN VIELE ... DIE EINEN TEILTEN TIEFBEWEGT JOS LETZTE TAGE MIT IHR. DIE ANDEREN WEINTEN IN IHRER EINSAMKEIT UND ANGST MEHR ÜBER SICH SELBST ALS ÜBER JO.

WOOOWOOOO
BRUNA, WAS HAST DU? STIMMT ETWAS NICHT? ...
TÜÜT
HIER IST DAS SPITAL. KOMMEN SIE SOFORT!
NICHT... WEINEN ... LAURENT... ES IST... NUR... MEIN KÖRPER... DER GEHT ... MEINE SEELE BLEIBT BEI DIR ... FÜR... IMMER...
JO...

JOCELYNE, DU HAST DAS LEBEN SO SEHR GELIEBT. WIR WERDEN DEIN FROHES LÄCHELN FÜR IMMER IN UNSEREN HERZEN BEWAHREN...
WER STELLTE SICH AN DIESEM SPÄTSOMMERTAG NICHT DIE FRAGE NACH DEM SINN DES LEBENS? EINIGE VERLOREN SICH IN ERINNERUNGEN AN DIE VERGANGENHEIT ODER IN HOFFNUNGEN FÜR DIE ZUKUNFT. ANDERE WURDEN VON DER STIMMUNG DES AUGENBLICKES MITGERISSEN UND FÜHLTEN JOS GEGENWART...
WENN DU REDEN WILLST, ICH BIN DA...
DANKE, PATRICK. ICH WILL JETZT ALLEIN SEIN.
VON JO HABE ICH VIEL GELERNT ÜBER DIE MUSIK UND DAS LEBEN... ICH BIN DANKBAR FÜR DIE ZEIT IN IHRER NÄHE.
UN-GLAUB-LICH!

PATRICK!
WAS HAST DU?
PATRICK, DAS IST WAHNSINN! IN JOS TAGEBUCH! HÖR DIR DAS AN!!
"EIN KLEINER PLANET, AUF DEM WEG IN EINE ANDERE WELT EINE RIESIGE SONNE, NOCH NICHT ERHELLT ..."
ABER... DAS IST DOCH...
DAS IST DOCH DEIN TEXT FÜR DEN SONG!
WORT FÜR WORT!
STELL DIR VOR, DAS HAT JO VOR ÜBER DREI JAHREN GESCHRIEBEN!
AUFGEWÜHLT MACHEN DIE BEIDEN SICH AN DIE ARBEIT. WIE VON ZAUBERHAND REIHT SICH TON AN TON, WORT AN WORT. UND AN JOS GEBURTSTAG ...

JO, WIRHABEN LANGE GELEBT, OHNE ES ZU SEHN,
OHNE ZU HÖRN, OHNE ZU SEIN, OHNE ZU VERSTEHN,
DOCH HEUT IST JEDER SCHRITT EINE UNENDLICHKEIT.
JEDE SEKUNDE EIN RECHT ZU LEBEN,

EIN KLEINER PLANET, AUF DEM WEG IN EINE ANDERE WELT,
EINE RIESIGE SONNE, NOCH NICHT ERHELLT.

JO, ICH WEISS, DASS DIE REISE NOCH LANG IST,
SEIT ICH IN DEINEN WORTEN MEINE WORTE LAS.
IM KLANG DEINER STIMME FIND ICH DEN ATEM
ZUM LEBEN,
AUS DEM GRUND DEINER AUGEN SCHÖPFE
ICH ENERGIE.

JO, DU LEBST IN MIR, LEBST IMMER NOCH IN MIR,
UND GEMEINSAM SINGEN WIR.
JO, DU LEBST IN MIR, LEBST IMMER NOCH IN MIR,
IN DIESEM LIED TANZT DU MIT MIR.

EIN SCHWARZ-ORANGER STERN,
VOLLER RÄTSEL, NOCH SO FERN.

JO, NIEMALS HÄTT ICH IM TRAUM GEDACHT,
DASS DAS LEBEN ZU ZWEIT SO SCHÖN SEIN KANN.
JO, DU HAST MEIN HERZ AUFGEMACHT.
ICH BIN NOCH ZERRISSEN, ABER SCHON FREI.
WAS AUCH GESCHAH, DU FANDEST DICH AB
UND WÄHLTEST DAS LEBEN.
WAS AUCH GESCHIEHT, WIR FINDEN UNS AB UND
WÄHLEN SO DAS LEBEN.

JO, DU LEBST IN MIR, LEBST IMMER NOCH IN MIR,
UND GEMEINSAM SINGEN WIR.
JO, DU LEBST IN MIR, LEBST IMMER NOCH IN MIR,
IN DIESEM LIED TANZT DU MIT MIR.

WORTE VON
PATRICK ROE WINDSOR

DERIB 4 VII 91
COLORING : CLAUDE + DOMINIQUE
IN LAURENTS HERZ BLIEB JO IMMER GEGENWÄRTIG,
STARK WIE DAS LEBEN.

**Wenn Du Fragen zum Thema Aids hast,
dann sprich mit Deinen Eltern, Deinem Lehrer, Deinem Arzt
oder wende Dich an eine der folgeden Aids-Beratungsstellen:**

Kantonale Aidshilfen

Aargau
Telefon: 064/ 24 30 50
Beratung:
Mo 08.00 - 12.00 Uhr
Mi und Do 14.00 - 17.00 Uhr

Basel
Telefon: 061/ 692 21 22
und 061/ 692 73 92
Beratung:
Mo bis Fr 10.00 - 18.00 Uhr

Bern
Telefon: 031/ 24 70 77
Beratung:
Mo bis Fr 09.00 - 12.00 Uhr
Di und Mi 18.00 - 20.00 Uhr
Sa 10.00 - 12.00 Uhr

Graubünden
Telefon: 081/ 22 49 00
Beratung:
Mo 09.00 - 13.00 Uhr
Di 13.00 - 17.00 Uhr
Mi 14.00 - 18.00 Uhr
Do 14.00 - 19.00 Uhr
Fr 09.00 - 13.00 Uhr

Luzern
Telefon: 041/ 51 68 48
Beratung:
Mo 17.00 - 19.00 Uhr
Mi 09.30 - 11.30 Uhr
Do 15.00 - 17.00 Uhr

041/ 51 69 60 (Büronummer)
Mo bis Do 09.00 - 12.00 Uhr
und 14.00 - 17.00 Uhr

Solothurn
Telefon: 065/ 22 94 11
Beratung:
Mo bis Fr 08.00 - 12.00 Uhr
und 15.00 - 18.00 Uhr

St. Gallen / Appenzell
Telefon: 071/ 23 38 68
Beratung:
Beratungzeiten gemäss
Telefonbeantworter

Thurgau / Schaffhausen
Telefon: 054/ 22 30 35 (34)
und 053/ 25 93 38
Beratung:
Mo bis Fr 08.00 - 12.00 Uhr
Mi 14.00 - 17.00 Uhr

Zürich
Telefon: 01/ 461 08 00
(Jugendtelefon für Sex- &
Aids-Fragen)
Beratung:
Mi 13.00 - 16.00 Uhr
(übrige Beratungszeiten gemäss
Telefonbeantworter)

Zug
Telefon: 042/ 22 48 65
Beratung:
Mo und Do 10.00 - 13.00 Uhr
und 14.00 - 17.00 Uhr
Di / Mi / Fr nach Vereinbarung

LIECHTENSTEIN
Telefon: 075/ 20 5 20
Beratung:
Mo 18.00 - 20.00 Uhr
Do 08.00 - 09.00 Uhr

... Es werden grosse Anstrengungen unternommen, um aidskranken Menschen zu helfen. Dazu gehört auch die Solidarität mit dem Erkrankten, die in diesem Comic eindrücklich vorgelebt wird.

"Jo" wird von jungen Menschen gelesen, die mit einer Flut von Plakaten und TV-Spots aufwachsen und vielleicht deshalb über traditionelle Informationswege nur schwer ansprechbar sind. Vielleicht gelingt es, mit dem Comic "Jo" auch diese Jugendlichen zu sensibilisieren, wie sie sich wirksam gegen HIV schützen können. Das rationale Wissen über die Übertragungswege ist ja bei der Mehrzahl der Jugendlichen vorhanden. Ich hoffe, dass "Jo" dazu beiträgt, dieses Wissen auch emotional und praktisch umzusetzen. ...

Professor R. Lüthy
Abteilung Infektionskrankheiten
Departement Innere Medizin
Universitätsspital Zürich

... Angesichts der Zunahme an erkrankten oder mit dem Aids-Virus infizierten Menschen kann nur eine Politik der Sensibilisierung und der Aufklärung diese Ansteckungskrankheit bremsen. Als erstes ist die Schuljugend anzusprechen. Und da ist ein Comic von hochstehender Qualität ein hervorragendes Mittel für öffentliche und private Organisationen, ihre Informationsarbeit zu ergänzen. ...

Professeur Jean-Claude Chermann
Directeur à l'Unité de Recherches sur les
Rétrovirus et Maladies Associées
Institut National de la Santé et de la Recherche Médicale
Marseille - France

... Es hat eine grosse Herausforderung bedeutet, den Comic als Kommunikationsmittel auf einem Gebiet einzusetzen, das die grundlegendsten menschlichen Gefühle trifft. Das Album hat sich der Herausforderung mit vollem Erfolg gestellt.
Möge dieses schöne und tiefe Werk dazu beitragen, dass die Bedrohung durch Aids immer bewusster wird und dass sich ihren Opfern gegenüber mehr Solidarität und Liebe entwickeln. ...

Docteur S. De Wit
Hôpital Universitaire Saint-Pierre
Clinique des Maladies Infectieuses
Bruxelles - Belgique

ICH WILL

MEHR

DARÜBER

WISSEN...

Unter einer Epidemie versteht man das Auftreten einer Krankheit bei einer grossen Anzahl Personen der Bevölkerung eines bestimmten Gebietes während einer bestimmten Zeit. 1981, als in den USA die ersten Aids-Erkrankungen bekannt wurden, konnte man sich nicht vorstellen, dass diese übertragbare Krankheit zu einer Epidemie werden würde.

Aids geht uns alle an; Menschen aller Länder der Erde sind davon betroffen. Es handelt sich um eine Pandemie, d.h. um eine Epidemie, die sich auf der ganzen Welt ausgebreitet hat.

Um Epidemien übertragbarer Krankheiten zu bekämpfen, benutzt man - sofern möglich - Impfungen; gegen Aids bzw. eine Infektion mit dem Human Immunodeficiency Virus (HIV) hat man bis heute aber noch keinen Impfstoff gefunden.

Aids macht uns deshalb Angst, aber auch, weil es bisher keine Medikamente gibt, die uns, sollten wir davon betroffen sein, von dieser Krankheit heilen könnten.

Über diese Krankheit und speziell über die Übertragbarkeit der HIV-Infektion sind viele Gerüchte und widersprüchliche Informationen im Umlauf.

Um sich vor Aids schützen zu können, sollte man die Krankheit verstehen und muss wissen, wie HIV von einem Menschen auf den anderen übertragen werden kann. Zudem muss man wissen, wie man sich oder seinen Partner vor einer Übertragung schützen kann und diese Schutzmassnahmen auch richtig anwenden.

Wir werden hier erklären, was Ihr über Aids und die HIV-Infektion wissen müsst, indem wir die Fragen beantworten, die in diesem Zusammenhang auftauchen.

1 Aids:

Die vier Buchstaben bedeuten:
A: Acquired
I: Immuno
D: Deficiency
S: Syndrom
oder auf Deutsch: erworbene Immunmangel (=Abwehrschwäche) - Krankheit. Bei einem Immunmangel ist die körpereigene Abwehrfähigkeit gegen - für gesunde Menschen relativ harmlose - Krankheitserreger vermindert. Das Krankheitsbild Aids - verursacht durch HIV - ist geprägt durch verschiedene Infektionen und Tumoren, die sich infolge des Immunmangels entwickeln können.

2 HIV:

Human Immunodeficiency Virus, die internationale Bezeichnung für das Aids-Virus.
oder auf Deutsch: Virus, das beim Menschen zu einem Immunmangel führt.

3 HIV-Infektion:

Zustand nach einer Übertragung ("Ansteckung") mit HIV. Das Virus befindet sich im Körper eines Menschen, kann sich dort vermehren und zu einem Immunmangel führen.

4 HIV-Antikörpertest:

Blutuntersuchung zum Nachweis einer HIV-Infektion durch den Nachweis von Antikörpern gegen HIV. Diese werden vom Körper in der Regel innert 3 Monaten nach einer HIV-Infektion gebildet.

Der Test soll nur nach ausführlicher persönlicher Beratung und Aufklärung über die möglichen Folgen des Testergebnisses durchgeführt werden, und er darf nur mit Einwilligung des Untersuchten durchgeführt werden.

HIV-seropositiv oder HIV-positiv bedeutet, dass Antikörper gegen HIV nachgewiesen wurden und somit eine HIV-Infektion vorliegt.

HIV-seronegativ oder HIV-negativ bedeutet, dass keine Antikörper gegen HIV nachgewiesen werden konnten, entweder weil keine HIV-Infektion vorliegt oder weil der Test zu früh durchgeführt wurde, also zu einem Zeitpunkt, als der Körper noch keine Antikörper gebildet hatte.

5 Heterosexuell (oder Heterosexualität):

Jemand, der durch Personen des anderen Geschlechts sexuell angezogen wird.

6 Bisexuell (oder Bisexualität):

Jemand, der durch Personen beider Geschlechter sexuell angezogen wird.

7 Homosexuell (oder Homosexualität):

Jemand, der durch Personen seines eigenen Geschlechts sexuell angezogen wird.

8 Fixer:

Jemand, der sich Drogen in die Blutbahn spritzt.

1 Wo sind die ersten Aids-Fälle aufgetreten?

Auf ein neues Krankheitsbild, das später Aids genannt werden sollte, wurde man erstmals im Jahre 1981 in den USA aufmerksam, als bei homosexuellen Männern die Häufung eines ungewöhnlichen Tumors und einer Lungenentzündung mit einem seltenen Krankheitserreger beobachtet wurde. Die Ursache der Krankheit kannte man damals noch nicht; das HIV wurde erst 1983 entdeckt. Die erstmalige Beobachtung der Krankheit bei homosexuellen Männern war mit ein Grund, warum Aids lange Zeit von vielen für eine "Schwulenkrankheit" gehalten wurde. Heute wissen wir, dass vereinzelte Aids-Erkrankungen bereits viel früher, und zwar bei Menschen mit jeglicher sexuellen Vorliebe und in verschiedenen Kontinenten vorkamen; nur wurden sie damals nicht als solche erkannt.

2 Warum hat sich Aids in den USA zuerst unter Homosexuellen und in Afrika bei Heterosexuellen ausgebreitet?

HIV wird weltweit am häufigsten beim ungeschützten Geschlechtsverkehr übertragen. Da die ersten HIV-Infektionen in den USA bei homosexuellen Männern und in Afrika bei heterosexuellen Menschen vorkamen, hat sich das Virus zuerst in diesen Bevölkerungsgruppen gehäuft verbreitet. Da Aids die Folge einer HIV-Infektion ist, ist die Krankheit auch zuerst bei diesen Menschen aufgetreten.

Es ist falsch, irgend eine Menschengruppe für die Verbreitung der HIV-Infektion verantwortlich machen zu wollen. Als 1981 die ersten Aids-Erkrankungen festgestellt bzw. als 1983 HIV entdeckt und die Übertragungswege bekannt wurden, hatte sich die HIV-Infektion bereits während mehr als 10 Jahren unbemerkt ausgebreitet.

3 Wie hat sich Aids weltweit in allen Bevölkerungsschichten verbreitet?

Die Pandemie dieser sexuell übertragbaren Krankheit wurde im wesentlichen durch zwei Faktoren begünstigt, wenn nicht erst ermöglicht. Wohlstand und Technik der industrialisierten Staaten ermöglichen heute vielen Menschen, in entfernte Länder zu reisen, und führten zusammen mit einer liberaleren Einstellung zur Sexualität und der Antibabypille zu vielen ungeschützten Sexualkontakten zwischen verschiedensten Menschen.

In Europa sind heute (noch) vor allem homosexuelle Männer und Fixer von Aids betroffen. Zahlenmässig weniger ins Gewicht fallen bei uns Aids-Erkrankungen nach Transfusion HIV-kontaminierter Blutkonserven oder -produkte oder die Übertragung von HIV auf Neugeborene durch HIV-infizierte Mütter. Der Anteil Aids-erkrankter heterosexueller Menschen ist jedoch deutlich im Zunehmen begriffen.

HIV-Überträger zwischen den zur Zeit hauptsächlich von Aids betroffenen Bevölkerungsgruppen - z.B. Heterosexuelle in Afrika, Homosexuelle und Fixer in Europa - und den anderen Menschen waren und sind Männer und Frauen, die als (Geschäfts-) Reisende, Freier, Prostituierte, Bisexuelle oder Fixer ungeschützte Sexualkontakte haben.

Das bedeutet, dass heute auch heterosexuelle Beziehungen; genauer, ungeschützte Sexualkontakte zwischen Mann und Frau, ein Risiko für eine HIV-Infektion darstellen können. Ein einziger ungeschützter sexueller Kontakt mit einer Partnerin oder einem Partner, die/der das Virus in sich trägt, kann unter Umständen genügen, um das Virus zu übertragen. Da das Virus nicht jedesmal übertragen wird, steigt das Risiko bei wiederholten Kontakten.

4 Wie weit ist die Krankheit verbreitet?

Bis 1991 zählte die Weltgesundheitsorganisation (WHO) ca. 400'000 Aids-Kranke und schätzte die Anzahl Aids-Kranker weltweit auf eine Million. Die Anzahl HIV-infizierter Menschen schätzte die WHO auf über 10 Millionen, was bedeutet, dass in Afrika schätzungsweise einer von 40 Menschen (Mann oder Frau) und in Europa einer von 200 Männern und eine von 400 Frauen mit HIV infiziert sind.

HIV-Positivität und AIDS aus medizinischer Sicht

1 Was ist die Ursache von Aids?

Aids wird durch ein Virus, das Human Immunodeficiency Virus (HIV), verursacht. Ein Virus ist kleiner als eine menschliche Zelle oder ein Bakterium, besteht im wesentlichen aus einer Erbinformation, eingepackt in eine Hülle und ist ausserhalb eines Organismus nicht lebensfähig. Ein Virus kann sich nicht selber fortbewegen.

Wird ein Virus von einem Organismus auf einen andern übertragen und von bestimmten Zellen dieses Organismus aufgenommen, beginnen diese Zellen sich nach der aufgenommenen viralen Erbinformation zu richten, was meistens bedeutet, dass neue Viren produziert werden.

Das HIV wird von verschiedenen Zellen unseres Körpers aufgenommen, so auch von Zellen unseres Immunsystems. Die Folge der HIV-Infektion ist eine über Jahre fortschreitende Zerstörung unserer körpereigenen Abwehrkräfte.

2 Was ist der Unterschied zwischen:

a) HIV-positiv und **b)** Aids-krank sein?

In beiden Fällen ist man mit dem Virus infiziert, und man kann es auch unter bestimmten Umständen auf andere übertragen. Der Unterschied besteht darin: Der Begriff "HIV-positiv" besagt lediglich, dass jemand mit dem HIV infiziert ist, unabhängig davon, ob jemand sich gesund fühlt oder an Symptomen einer Krankheit leidet. Der Begriff "Aids-krank" andererseits bezeichnet ein ganz bestimmtes Stadium der HIV-Infektion. Er bezeichnet den Zustand einer fortgeschrittenen Immunschwäche, bei dem es, infolge der Abwehrschwäche, zum Auftreten von verschiedenen Infektionen und Tumoren kommt.

3 Was sind die Symptome bei HIV-Positivität?

Ein HIV-positiver Mensch ist mit dem HIV infiziert, ein Virusträger. Er kann sich völlig gesund fühlen. In diesem Falle spricht der Arzt von einer "asymptomatischen HIV-Infektion". Er kann aber auch Zeichen von Krankheiten aufweisen, die durch das HIV direkt verursacht werden oder infolge der Immunschwäche auftreten. Der Arzt spricht in diesem Falle von einer "symptomatischen HIV-Infektion". Die wichtigsten dieser Krankheiten werden unter dem Oberbegriff "Aids" zusammengefasst.

Vom Zeitpunkt der Infektion mit HIV bis zum Auftreten von Aids vergehen im Durchschnitt ca. 10 Jahre. Da heute die meisten HIV-infizierten Menschen asymptomatisch sind, bedeutet dies, dass die Anzahl Aids-kranker Menschen in den nächsten Jahren zunehmen wird, auch dann, wenn sich ab heute niemand mehr neu mit HIV infizieren würde.

4 Was sind die Symptome von Aids?

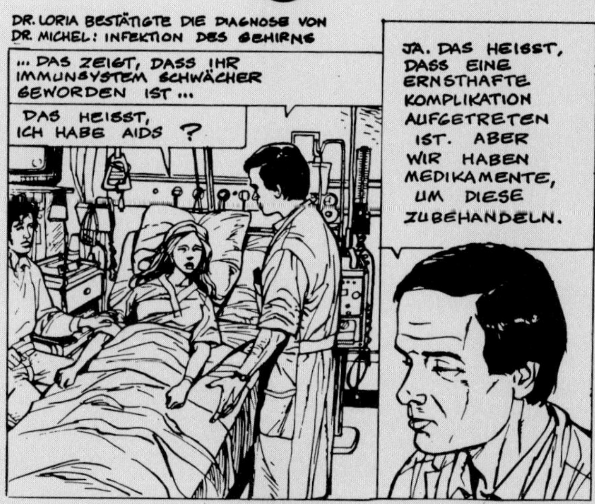

Da unter dem Oberbegriff "Aids" eine Vielzahl von Infektionen und auch Tumoren zusammengefasst wird, die infolge des Immunmangels auftreten können, sind die Symptome vielfältig. Häufig leiden Aids-kranke Menschen an Episoden von Fieber, Müdigkeit, Husten, Luftmangel, Schluckschmerzen, lang anhaltendem Durchfall, Kopfschmerzen, epileptischen Anfällen, Schwäche einzelner Gliedmassen, Gefühlsstörungen an Füssen und Händen und Gedächtnisschwäche.

Da diese Symptome bei verschiedensten Krankheiten auftreten, - häufiger bei solchen, die mit einer HIV-Infektion nicht das geringste gemeinsam haben - kann von einzelnen Symptomen nicht auf eine Aids-Erkrankung geschlossen werden.

5 Ist ein HIV-positiver Mensch ansteckend?

Ein HIV-positiver Mensch ist mit dem HIV infiziert und kann das Virus auf andere übertragen: Bei ungeschütztem Sexualverkehr und über Blut, z.B. beim Spritzentausch. Eine Virusübertragung ist unabhängig davon möglich, ob der/die HIV-Positive asymptomatisch oder Aids-krank ist. Der alltägliche Umgang und das Zusammenleben mit HIV-Infizierten ist völlig ungefährlich.

6 Ist Aids tödlich?

Medikamente können diese Krankheit nicht heilen; bisher konnte lediglich eine Verbesserung der Lebensqualität und Lebenserwartung erreicht werden.

7 Wo befindet sich das HIV im Organismus einer infizierten Person?

Der Grossteil der Viren befindet sich in Zellen des Immunsystems (Makrophagen, Helfer-Lymphozyten). Das Virus kann jedoch in allen Körperflüssigkeiten nachgewiesen werden. In diesen ist die Konzentration im Blut, in der Samenflüssigkeit (Sperma) und in den Scheidensekreten am höchsten. In der Tränenflüssigkeit und im Speichel ist die Menge des Virus äusserst gering. Und es ist auch keine Übertragung einer HIV-Infektion über Tränen oder beim Küssen nachgewiesen.

8 Was ist der Aidstest?

Einen Aids-Test gibt es nicht. Aids ist eine ärztliche Diagnose. Mit dem HIV-Antikörpertest (siehe dort) kann eine HIV-Infektion festgestellt oder ausgeschlossen werden..

9 Wer soll einen HIV-Antikörpertest durchführen lassen?

Der HIV-Antikörpertest ist keine Routineuntersuchung und sollte nur in bestimmten Ausgangssituationen, nach ausführlicher Beratung vor (und nach) dem Test und mit dem Einverständnis der zu testenden Person durchgeführt werden.

Ein HIV-Antikörpertest wird empfohlen für Menschen mit ungeschützten Sexualkontakten ausserhalb einer gegenseitig treuen Beziehung, Menschen mit (ehemaligem) intravenösem-Drogenkonsum, hetero- und homosexuelle Prostituierte und deren Freier, Patienten mit Geschlechtskrankheiten, Menschen mit bestehendem Testwunsch (z.B. Verzicht auf Präservative in einer festen Beziehung, Angst vor einer HIV-Infektion, versicherungstechnische Gründe) und für beide Partner vor einer geplanten Schwangerschaft.

Die zu testende Person entscheidet im Anschluss an ein Beratungsgespräch, nach Abwägen der positiven und negativen Konsequenzen für sich selbst und andere, ob sie sich testen lassen will.

Jedem Mann und jeder Frau wird hingegen empfohlen, sich ausser in einer gegenseitig treuen, langjährigen Beziehung bei jedem Sexualkontakt mit einem Präservativ zu schützen.

10 Wie zuverlässig ist der HIV-Antikörpertest?

Wenn der Test zum richtigen Zeitpunkt durchgeführt wird, ist der Test zuverlässig (siehe HIV-Antikörpertest). Die Laboratorien führen einen ersten Test durch, der bei positivem Testresultat mit weiteren, sogenannten Bestätigungstests wiederholt wird, die ebenfalls ein positives Testergebnis aufweisen müssen. Ein positives Testresultat ist also mehrfach abgesichert.

11 Gibt es eine Impfung gegen Aids?

Erste Forschungsergebisse lassen hoffen, dass eine Impfung eines Tages möglich sein könnte. Für die Entwicklung und klinische Prüfung eines solchen Impfstoffes wird jedoch noch jahrelang geforscht werden müssen.

12 Ist die HIV-Positivität erblich?

Nein. In den menschlichen Keimzellen, Ei- und Spermazellen, befindet sich kein HIV. Hingegen ist die HIV-Übertragung von einer HIV-positiven Schwangeren auf Ihr Kind während der Schwangerschaft, unter der Geburt oder beim Stillen möglich. Etwa ein Viertel der Kinder HIV-positiver Schwangerer ist HIV-infiziert.

13 Wenn die Eltern nicht HIV-infiziert sind; kann dann das Kind HIV-positiv geboren werden?

Nein.

14 Wie hoch ist die Lebenserwartung eines Aids-kranken Menschen?

Da verschiedene als Folge der Abwehrschwäche auftretende Infektionskrankheiten und Tumoren unter dem Begriff Aids zusammengefasst werden, ist die Lebenserwartung individuell sehr verschieden. So haben z.B. HIV-positive Menschen, bei denen die Diagnose Aids wegen des Auftretens eines Kaposi-Sarkoms gestellt wurde, eine relativ hohe Lebenserwartung. Andererseits haben Menschen, bei denen die Diagnose Aids aufgrund eines malignen Lymphomes, eines anderen Tumors, gestellt wurde, eine kurze Lebenserwartung.

Insgesamt wurde die Lebenserwartung HIV-positiver Menschen in den letzten Jahren deutlich länger und für Aids-Erkrankte hat sie sich mehr als verdoppelt. Früher konnte man lediglich die Infektionen und Tumoren behandeln, die infolge der Abwehrschwäche auftraten. Heute kann man das Auftreten einzelner dieser Folgekrankheiten weitgehend verhindern und die Vermehrung des HIV mit Hilfe von Medikamenten (z.B. AZT, DDI, DDC) bremsen.

1 Welches sind die wichtigsten Übertragungsarten?

a) Ungeschützte Sexualkontakte:
In den Scheidensekreten und in der Samenflüssigkeit kommt das Virus in relativ grosser Menge vor. Eine Person, die das Virus in sich trägt, kann jede Person, gleich ob Mann oder Frau, infizieren mit der sie ungeschützten sexuellen Kontakt hat. Weltweit erfolgen die meisten Virus-Übertragungen durch ungeschützten heterosexuellen Geschlechtsverkehr.
Präservative (Kondome), richtig angewandt, schützen vor einer Schwangerschaft und der Übertragung von Geschlechtskrankheiten (HIV-Infektion, Tripper [Gonorrhoe], Syphilis [Lues], Herpes, Kondylome [HPV-Infektion], Hepatitis B usw.).

b) Spritzen-/Nadel-Tausch von Fixern:
Fixer, Männer und Frauen, tauschen vor allem bei Spritzen-/Nadel-Knappheit ihre Injektionsbestecke untereinander aus. Wenn eine Fixerin oder ein Fixer Virusträger ist, kann sie/er das Virus auf andere Menschen übertragen: Beim Ausleihen des Injektionsbesteckes über die kleine Menge HIV enthaltenden Blutes, das in der Spritze/Nadel nach Gebrauch zurückbleibt oder über ungeschützte Sexualkontakte.
Fixerinnen und Fixer sollten niemals Spritzen/Nadeln untereinander austauschen und bei Sexualkontakten wie andere Personen immer Präservative gebrauchen.

c) Bluttransfusionen/Blutprodukte:
Wenn ein Blutspender Virusträger ist und sein Blut oder Teile davon bei einer Transfusion benutzt werden, wird das Virus auf den Empfänger übertragen. Diese Art der Übertragung ist in den reichen Ländern praktisch ausgeschlossen, nachdem Blutspender mit einem HIV-Risikoverhalten aufgefordert werden, kein Blut zu spenden, alles gespendete Blut auf das Vorliegen einer HIV-Infektion untersucht wird und Blutprodukte so behandelt werden, dass alle Viren inaktiviert werden.

2 Wie geschieht die Übertragung?

Für eine Infizierung oder Übertragung braucht es einen direkten Kontakt mit HIV. Die Übertragung geschieht also über Blut, Samenflüssigkeit, Scheidensekrete oder Muttermilch im Kontakt mit Schleimhäuten (Mund, Vagina, Penis, Anus) oder mit Wunden und Verletzungen. Bis heute ist keine Übertragung von HIV über Tränen oder Speichel bekannt.
Das Zusammenleben mit HIV-infizierten Menschen (gemeinsames Benutzen von Geschirr, Handtüchern usw.) Küssen, Mückenstiche, Benützen öffentlicher Toiletten usw. sind also völlig ungefährlich.

1 Wie wird HIV bei sexuellen Kontakten vom einen auf den anderen Partner übertragen?

Über die Schleimhäute von Mann und Frau. Schleimhäute sind anders gebaut als die übrige Haut. Sie sind dünner, verletzlicher und von einem engen Netz von Blutgefässen durchzogen. Wenn ein Mensch HIV in sich trägt, kann das Virus beim Sexualverkehr über die Schleimhaut des Partners auf diesen übertragen werden. Verletzungen der Schleimhaut (z.B. durch andere Geschlechtskrankheiten) fördern die Übertragung. Über infizierte Blutzellen wird das Virus im gesamten Körper und seinen Flüssigkeiten verbreitet.

Schutz vor einer Übertragung von Geschlechtskrankheiten beim Sexualverkehr bieten allein Präservative. Wer sexuelle Kontakte ausserhalb einer langdauernden, gegenseitig treuen Beziehung hat oder sexuelle Kontakte mit einem neuen Partner aufnimmt, muss sich schützen, d.h. Präservative benutzen. Und zwar konsequent bei heterosexuellen und homosexuellen Beziehungen, aus Sicherheit und Verantwortung, um sich selbst und den Partner/die Partnerin zu schützen.
Wenn man nicht Träger des HIV ist, um zu verhindern, dass man mit HIV oder dem Erreger einer anderen Geschlechtskrankheit angesteckt wird.
Wenn man HIV-infiziert ist, um zu verhindern, dass man das Virus auf die Partnerin oder den Partner überträgt, aber auch, um sich selbst vor einer erneuten Infektion mit HIV oder einer anderen Geschlechtskrankheit zu schützen. Denn eine erneute HIV-Infektion und andere Geschlechtskrankheiten könnten das Risiko an Aids zu erkranken vergrössern.
Wer sich schützt, zeigt, dass er auch gegenüber der Partnerin/dem Partner verantwortungsvoll ist. Du kannst demjenigen, der sich schützt, vertrauen.

2 Welche Verhaltensweisen sind gefährlich?

- Jeder ungeschützte Sexualkontakt mit einem HIV-positiven Partner oder einer HIV-positiven Partnerin. Mehrfach nachgewiesen ist ein Übertragungsrisiko beim ungeschützen vaginalen Verkehr (Einführen des Penis in die Scheide) und beim ungeschützten Analverkehr (Einführen des Penis in den After). Die genaue Grösse des Übertragungsrisikos bei Fellatio und Cunnilingus (Kontakte Mund-Geschlechtsorgane) ist unbekannt. Eine HIV-Infektion nach Fellatio ist möglich, wenn auch bisher lediglich Einzelfälle bekannt wurden. Von der Aufnahme von Samenflüssigkeit in den Mund wird deshalb abgeraten.
- Das Austauschen gebrauchter Spritzen/Nadeln.
- Schwangerschaft, Geburt und Stillen für das Kind einer HIV-positiven Mutter.

3 Kann man von einem einzigen sexuellen Kontakt HIV-positiv werden?

Statistisch gesehen ist das Risiko einer HIV-Übertragung bei einem einzigen sexuellen Kontakt mit einem HIV-infizierten Partner oder einer HIV-infizierten Partnerin nicht sehr gross. Im Einzelfall lässt sich das Risiko aber nicht abschätzen, und ein einziger ungeschützter sexueller Kontakt kann genügen. Da Aids nicht heilbar ist, ist auch ein geringes Risiko zu gross.

4 Welches sind die gefährdeten Personen (Geschlecht, Alter, Beruf, Zivilstand ...)?

Alle Menschen, die sich einem Risiko aussetzen (siehe oben), können die Krankheit bekommen und wieder auf andere übertragen, ob ledig oder verheiratet, unabhängig von Geschlecht, Alter oder Beruf. Das Risiko für einen Jugendlichen ist gleich gross wie für einen Erwachsenen.

5 Können zwei HIV-negative Partner die Krankheit bekommen?

Nein, wenn die Partner einander treu sind; auch Fixer nicht, wenn sie einander treu sind und zudem keiner Spritzen/Nadeln mit andern tauscht.

6 Können Kinder von Aids betroffen sein?

Zirka ein Viertel der Neugeborenen von HIV-positiven Müttern sind HIV-infiziert. Eine HIV-infizierte Frau sollte darauf aufmerksam gemacht werden, dass es bis heute keine Mittel gibt, um das ungeborene Kind zu schützen.

7 Was tun bei Zweifeln und Ängsten (mit wem reden und wie)?

Man muss mit einer Vertrauensperson darüber sprechen. Zunächst vielleicht mit einer Freundin oder einem Freund, den Eltern, der Lehrerin/dem Lehrer, dann mit einem Arzt oder jemandem in einem Aids-Beratungszentrum. Diese Gespräche sollten vor der Durchführung eines HIV-Antikörpertestes stattfinden. Häufig sind die Ängste unbegründet, und dann hat ein HIV-Antikörpertest wenig Sinn. Wichtiger ist es, beim Sexualverkehr immer Präservative zu verwenden. Sind die Ängste aber begründet, so schaffen diese Gespräche eine Vertrauensbasis, die einem Menschen vor allem dann zugute kommt, wenn bei ihm eine HIV-Infektion nachgewiesen werden sollte.

8 Was tun, wenn man erfährt, dass man HIV-positiv ist?

Wenn man die gleichen Sexualpraktiken ohne Präservative weiterführt oder weiterhin Spritzen/Nadeln austauscht, kann man das Virus einerseits auf andere übertragen und sich andererseits selbst erneut mit HIV anstecken und deshalb möglicherweise schneller an Aids erkranken. Man muss also die anderen, aber auch sich selber schützen. Der Partner bzw. die Partnerin muss über die eigene HIV-Infektion orientiert werden. Aber auch Ex-Partner oder Ex-Partnerinnen müssen über die eigene HIV-Infektion informiert werden, damit diese, im Unwissen um die mögliche Infektion, nicht ihre aktuellen Partner anstecken. Weiter sollte man einen Arzt aufsuchen, um feststellen zu lassen, ob bereits eine Immunschwäche vorliegt. Denn nur so kann man von einer frühzeitigen (HIV-positiv, im Blut nachweisbare Immunschwäche, keine Aids-Erkrankung) Behandlung der HIV-Infektion und einer vorbeugenden Behandlung lebensbedrohlicher Folgekrankheiten (z.B. Pneumocystis carinii Pneumonie) profitieren.

9 Was tun, wenn man erfährt, dass eine Ex-Partnerin oder ein Ex-Partner HIV-positiv oder an Aids erkrankt ist?

Fürs erste sollte man sich gegenüber seiner aktuellen Partnerin oder seinem aktuellen Partner so verhalten, als ob man HIV-positiv wäre (Gespräch, keine ungeschützen Sexualkontakte). Als nächstes sollte man feststellen lassen, ob tatsächlich eine HIV-Übertragung stattgefunden hat oder nicht.

10 Wie soll man leben, wenn man HIV-positiv ist?

"Normal". Es wird empfohlen, sich vor erneuten Infektionen mit HIV und anderen Geschlechtskrankheiten zu schützen, da diese möglicherweise den Verlauf der Krankheit negativ beeinflussen. Wenn jemand fixt, soll er dies aufgeben, allenfalls an einem Methadonprogramm teilnehmen. Es konnte nämlich nachgewiesen werden, dass es bei HIV-positiven Fixern schneller zu einer Aids-Erkrankung kommt; dies im Gegensatz zu Ex-Fixern (mit oder ohne Methadon), bei welchen die Krankheit gleich verläuft wie bei Menschen, die nie intravenös Drogen spritzten. Eine frühzeitige Behandlung der HIV-Infektion und eine vorbeugende Behandlung lebensbedrohlicher Folgekrankheiten werden empfohlen, da diese die Lebenserwartung bei erhaltener Lebensqualität deutlich erhöhen. Man soll verantwortungsbewusst leben, sich selbst und den anderen gegenüber und nicht verzweifeln. Die Forschung macht Fortschritte, die Lebenserwartung nimmt zu und die Heilungschancen werden grösser.

11 Was muss man im Umgang mit HIV-positiven Menschen beachten?

Übliche soziale Kontakte sind völlig ungefährlich. Bei Sexualkontakten Präservative benutzen. Andere Verhütungsmittel (Pille, Gel, Schwamm...) schützen nicht vor Aids. Bei Unfällen soll der Kontakt mit Blut oder anderen Körperflüssigkeiten vermieden werden.

Das Präservativ (Kondom)

1 Wann muss man ein Präservativ benützen?

Bei jedem Sexualkontakt ausser in einer gegenseitig treuen, langjährigen Beziehung.

2 Muss man beim ersten Sexualkontakt ein Präservativ benutzen?

Ja, denn man weiss nie alles über seinen Partner oder seine Partnerin, und "man schläft mit seiner/ihrer ganzen Vergangenheit". Wenn jemand aus dem einen oder anderen Grund infiziert ist, kann er auch das Virus übertragen.

3 Wie benutzt man das Präservativ?

- das Präservativ vor dem Einführen des Penis überziehen
- das Präservativ mit zwei Fingern so halten, dass an der Eichel ein "Reservoir" für die Samenflüssigkeit bestehen bleibt (einige Präservative haben ein vorgeformtes Reservoir)
- das Präservativ ganz über das steife Glied abrollen
- nach dem Samenerguss das Präservativ festhalten und dabei das Glied zurückziehen

4 Was tun, damit ein Präservativ nicht reisst?

Qualitativ gute Präservative (in der Schweiz mit Prädikat "Gütesiegel") benutzen. In Ruhe die Gebrauchsanleitung studieren. Vor dem erstmaligen Gebrauch üben. Darauf achten, dass das Präservativ beim Öffnen der Verpackung und beim Überziehen (z.B. durch Fingernägel) nicht beschädigt wird. Nur wasserlösliche (fettlösliche zerstören die Präservative!) Gleitmittel oder Präservative mit vom Hersteller beigefügten Gleitmitteln benutzen.
Die Benutzung von Präservativen bzw. Gleitmitteln, die Nonoxynol-9 enthalten, eine Substanz, die HIV im Reagenzglas inaktivieren kann, darf derzeit nicht bedenkenlos empfohlen werden. Diese Substanz könnte die Schleimhäute schädigen und so die Gefahr einer HIV-Übertragung im Falle eines Zerreissens des Präservatives erhöhen.

5 Was tun, wenn ein Präservativ reisst?

Zunächst einmal die Ruhe bewahren; ein einmaliger "ungeschützter" Sexualkontakt kann, muss aber nicht in jedem Falle zu einer HIV-Infektion führen. Ob eine HIV-Infektion stattgefunden hat, lässt sich mit dem Antikörpertest in der Regel allerdings erst nach 3 Monaten feststellen. Ob eine Schwangerschft eingetreten ist, lässt sich früher feststellen; mögliche Konsequenzen sollen mit einem Arzt besprochen werden.

6 Sind alle Präservative zuverlässig?

Die meisten Hersteller unterziehen ihre Präservative einer strengen Qualitätskontrolle; einige Hersteller lassen zur Qualitätssicherung ihre Präservative von Firmen-externen Instituten überprüfen (in der Schweiz mit Prädikat "Gütesiegel"). Nicht mehr verwendet werden sollten Präservative, die aus Schafsdärmen hergestellt werden.
Beim Sexualverkehr ist das Präservativ bis heute das einzige Mittel zur Verhinderung einer HIV-Infektion und anderer Geschlechtskrankheiten.

Schlussfolgerungen

Jeder, der sexuelle Kontakte hat, trägt Verantwortung für sich und seinen Partner bzw. Partnerin. Ausser in einer langjährigen, gegenseitig treuen Beziehung muss jeder Mann und jede Frau Massnahmen treffen, um die Übertragung von Geschlechtskrankheiten, insbesondere eine HIV-Infektion zu vermeiden. Schutz beim Sexualverkehr bieten allein Präservative.

Das Wissen, ob jemand HIV-positiv oder HIV-negativ ist, könnte für den einzelnen wichtige Konsequenzen haben. Jeder entscheidet nach dem Abwägen der positiven und negativen Konsequenzen für sich selbst und andere, ob er sich testen lassen will oder nicht. Indem wir uns der Realität der Probleme und der Risiken stellen, mit denen wir in unserem Leben konfrontiert werden, lernen wir, sie zu akzeptieren und zu kontrollieren.

Die französische Fassung dieses Dossiers wurde unter der Aufsicht von Professor Jean-Claude Chermann und dem Schriftsteller Dominique Lapierre nach einer Idee des Schulbeauftragten Jean-Claude Freymond in Zusammenarbeit mit Ärzten aus Belgien, Frankreich und der Schweiz zusammengestellt.
Die Aktualisierung und vollständige Überarbeitung für die deutsche Fassung erfolgte durch Dr. Markus Flepp.